昭和を彩った作家と芸能人

鈴木俊彦 著

国書刊行会

はじめに

昭和という時代が過ぎて、早や二十年余の歳月が経過した。〝昭和は遠くなりにけり〟である。映画「三丁目の夕日」のヒットなどがきっかけとなって、昭和を振り返るレトロ・ブームが活字の世界にも広がっている。

筆者は、その昭和の時代、農村向け家庭雑誌『家の光』や農村青壮年向け総合誌『地上』の記者として時局・文芸・スポーツ・芸能をカバーし、取材に明け暮れしていた。本書には、こうした編集活動の中で生まれた数々のエピソードを収めてある。そして、これらのこぼれ話は、とりもなおさず昭和時代の世相を写す鏡となっている。本書を通じて、あの古き良き日々と人間模様を懐かしく回想して頂ければ幸いである。（なお、家の光協会は各県農協中央会等を会員とする社団法人で、宗教とは関係ありません。）

目次

〔第一部〕作家のエピソードで綴る昭和の情趣

今東光氏との取材旅行・赤穂岬にて（昭和 38 年）

佐藤愛子さん（右）と中村メイコさんの対談。中央は著者（昭和 50 年）

〈1〉林房雄・風潮に逆らった反骨の人

文壇アルバムなどを見ると、写真説明のなかで「一人おいて」と断り書きがつくのは、たいてい編集者である。「呼び出し太郎」とも「黒衣」ともいわれる編集者は、しょせん〝日陰の人〟なのだが、個性豊かな作家たちのそれぞれの創作生活の一コマを垣間見させていただき、謦咳《けいがい》に接することができたのは、今思い返すと、やはり編集者冥利の一つではないかと感じ入る。

昭和三十五年九月、『家の光』編集部員を命じられて初めて担当させられた連載小説は林房雄氏の「夜明けの人・西郷隆盛」と山手樹一郎氏の「極楽一丁目」であった。

林房夫氏の邸宅は鎌倉市の浄明寺にあったので、毎月横須賀線に乗って原稿をいただきに参上したりゲラを届けたりした。林氏のお屋敷には犬が放し飼いされていたので、犬嫌いの私にとっては苦手というより毎度が恐怖の体験だった。

門をあけて長い石段を登り始めると猛犬が胸のあたりにとびついてくる。逃げながら石段を駆け上がって、玄関のベルを押すのが精一杯だった。

小柄で美人の奥方が和服姿で現れて「まあまあ、お客さまにとびついてはいけませんわよ。ホホホ」と犬を叱ってみせる。そのたびに「そんなことより、犬を繋ぎとめておいてください」という言葉が喉の先まで出かかったが、原稿を頂戴する身が出すぎたことをとブレーキがかかり、ついに言い出し得なかった。これが毎度のことなので、やりきれなかった。

玄関を入って右側の応接間に招じ入れられると、しばらくたって赤ら顔の林氏がポイと原稿を無造作に渡してくれる。その原稿たるや極薄の和紙の用箋に毛筆で書いたもので、これが泣きのタネであった。ルビや句読点の赤入れを色鉛筆でやろうものなら原稿用紙が破れてしまう。当時まだ細字用のサインペンなどが開発されていないから、赤インクの万年筆で、にじまないよう、おそるおそる赤入れをしたものである。

「西郷隆盛」は、氏のライフワークとなった大河小説で、「夜明けの人」はその一部で、池田屋の変前後の西郷を描いたものだった。のち徳間書店から出された単行本に収められている。

林房雄氏は大の酒好きで、看板の赤ら顔も半分は酒焼け、半分は釣りによる海焼けだった。氏は新橋の沖縄料理店で脂っこい豚コツを肴に日本酒をあおるというパターンを好まれた。そのあと銀座のバーで梯子をなさるのもお好きで、ある晩銀座のエスポワールという高級バーに連れていかれた。林さんはボックスに座るやたちまち数人のホステスに囲まれ、すこぶる上機嫌だった。しばらくすると、吉行淳之介氏が入ってきた。当時まだ三十代の吉行氏だから、それこそ水際立った好男子である。ホステスたちは、さっと水が引くように吉行氏のボックスに移ってしまった。林さんのご機嫌が斜めになったのは言うまでもない。「この店の名はエスポワール（希望）だが、おれにとってはデスポワール（絶望）だよ」苦りきった林さんは憮然と言い捨てて席を立たれた。それは、まるで映画のシーンを見るようであった。

昭和三十七年「海の新月・鎮西八郎為朝」の連載で、再び林さんを担当することになり、またもや鎌倉通いとなった。「海の新月」連載の予告グラビアで林さんの趣味である海釣りを紹介することになり、千葉の竹岡海岸でトラフグなどの釣果にほくそ笑む林さんをカメラに収めた。竹岡から浦賀まで釣り舟に同乗させてもらったが、私はたちまち船酔いでゲエゲエやってしまい、林さんに背中を撫でていただいたりして、介抱されてしまった。

昭和三十七年三月、「海の新月」の主人公源為朝の資料収集を兼ねて、林氏に沖縄へ出張願った。といっても単独旅行ではなく、「沖縄旅行読者招待大懸賞」に当選した八名の読者と合流して、その視察団の団長格になっていただいたのである。

一行は琉球農協連の畜産加工場や製糖工場、南風原《はえばる》村農協、東風平《こちんだ》農協、宜野湾農協、今帰仁《なきじん》農協の運営ぶりを見学した。林氏が最も感銘を受けたのは名護《なご》のオリオン・ビール工場と農協直営のパインアップル工場であった。まだ復帰前の旅だったが、それでも林氏は、貧しい農民の経済的地位の向上を図る組織として、協同組合の存在価値に目を見開かれた様子であった。

林房雄氏は大分市の生まれで、五高から東大法科に進まれた。私の母が大分県津久見の生まれなので、あるときその旨を耳に入れたら「津久見の小ミカンは甘くてね。思い出すなあ。大分県は〝豊の国〟といって、食べ物と温泉に恵まれた土地なんだよ」とほほえまれた。

晩年は「大東亜戦争肯定論」などを書いてタカ派の旗頭と見られていた林さんだが、戦前は東大新人会の闘士で、時代の風潮に逆らわずにはいられない反骨の人であった。

〈2〉山手樹一郎・明るい時代小説の書き手

山手樹一郎氏の邸宅は西池袋の要町にあった。Ｉ課長に連れられて二階の書斎で初対面の挨拶をした。灰色の長髪を剣士のように後ろになびかせ、和服姿で机に向かわれていた。

当時の売れっ子の時代小説家なので、原稿をいただくについてはだいぶ待たされたという記憶がある。担当記者の待合室が玄関脇にあり、品のよい奥方が四～五枚あがるごとにこの部屋に持ってきてくださる。コピーを挿し絵の岩田専太郎画伯に回すため、原稿の写し書きをするのが難儀だった。ゼロックスのような便利なコピー機が開発されている今日とはちがい、一字一字原稿用紙の升目に写し書きを埋めていったものだ。

多くの雑誌に連載を書きまくっておられた山手さんだったので、ときには登場人物の名前が他誌のものと混乱することもないではなかった。例えば「お梅」という女中が、いつの間にか「お春」になるといった按配で、担当者としてはこの点にも注意を払わなければならなかった。山手さんはもともとが博文館の編集者上がりの作家だけに、こちらの苦労はよくわかっておられるようだった。

山手氏は栃木県黒磯市の生まれで、『譚海《たんかい》』編集長のとき「夢介千両みやげ」を発表、明るい時代小説の一時代をつくった人である。

山手樹一郎氏が初めて『家の光』に執筆された作品は、昭和二十六年一月号から二十七年十二月号まで連載した「青空浪人」であった。以後、二十八年には「青春道場」、三十一年から三十二年にかけては「若殿ばんざい」を執筆され、私が担当した「極楽一丁目」は四作目であった。挿し絵は岩田専太郎画伯に決まっており、お二方はお互いの近況消息を編集者から聞き出しておられた。山手さんの小説は、勧善懲悪の救いがあり、農村にも数多くの熱心な読者がいた。子息の井口朝生氏も小説家となられた。

〈3〉尾崎士郎・義理と人情のこの世界

尾崎士郎氏がお住まいの大森のお宅を初めて訪ねたのは昭和三十六年で、短編小説を書いていただくためだった。I課長に同行して参上した。このとき尾崎氏が書いてくださった短編小説は「雨にぬれた煙草」という題名で、従容として処刑台についたフィリピンの将軍に哀惜の思いを込められての佳編だった。

昭和三十七年に連載した「名作の故里をたずねて」の取材でも尾崎邸を訪ねた。「人生劇場」の故里、愛知県吉良横須賀への取材に先立って尾崎氏の故里観や文学観を聞くためだった。氏は和服の着流し姿で胸をはだけ、飄々淡々と郷里の気風を語られた。尾崎夫人がお茶を出してくださった。物静かな奥床しいお方で夫唱婦随の呼吸の通い合いが感じられた。

「今でこそ尾崎さんはあんなに枯れておられるが、ひところは宇野千代とたいへんだったんだよ」とI氏が帰り道に解説をしてくれたのを覚えている。

言うまでもなく「人生劇場」は尾崎氏の自伝である。旦那衆といわれる土地の勢力家、辰巳屋の瓢太郎の倅、瓢吉が、少年から青年へと育ってゆく過程を、明治の末から大正にかけての時代と、この土地特有の気風を背景にして描いた作品である。

小学校の頃、尾崎少年と机を並べていたという鈴木豊吉さんに会って思い出話を聞いた。「士郎さんは算術は得意でなかったが、やはり作文はその頃からうまかったね。クラスのほとんどが手織り木綿の着物に風呂敷包みで通学したが、士郎さんだけは紺絣の着物にズックの鞄だった。癇が強くて鉛筆の頭をすぐ噛んじまう。本やノートの端も噛むので、そのカスで机の中はネズミの巣のようだった」と、鈴木さんは思い出し笑いをした。

尾崎氏の後援会「瓢山会」の会長を務める医師が自家用車で吉良町の町中を案内してくださり、瓢吉の恋したおりんの家や、瓢吉が木登りをした銀杏の大木の跡などを訪れた。おりんは実在の人物で新橋の芸者となり、某子爵の二号となったという話もこの町で聞いた。歌の文句にある「義理と人情のこの世界」の残り香が、尾崎氏の青春とともに、この町に、もやのようにたち込めているようであった。

三度目にお会いしたのは栃錦、若乃花（初代）を交えての相撲座談会だった。尾崎さんは大の相撲好きで横綱審議会の委員を務めていた。相撲随筆や観戦記も数々書かれ、その方面でも私は愛読者だった。

尾崎士郎氏は若き日、学校騒動に巻き込まれて早大を中退。ひところ堺枯川、山川均ら社会主義者と交わり、『時事新報』の懸賞小説に幸徳秋水一派の大逆事件に取材した「獄中より」が二位に入選したのに自信を得て作家を志したという。昭和三十九年、ガンのため死去されたが、その生涯は半自伝的小説「人生劇場」の青成瓢吉そのもので、酒を愛し、酔えば浪曲を唸り、ふんどし一つになって相撲の四股を踏むなど、豪放に生きた人だった。三河湾を一望に見渡せる故郷吉良町の海岸に「人生劇場」の文学碑が立っている。

〈4〉壺井栄・少女時代の苦労を糧に

『家の光』に「名作の故里をたずねて」というシリーズが掲載されたのは昭和三十六、七年であった。この連載ルポで私は壺井栄さんの「二十四の瞳」、田宮虎彦氏の「足摺岬」を担当したので、それぞれのお宅を訪ねた。

壺井栄さんのお宅は鷺の宮にあった。プロレタリア詩人である夫の繁治氏と茶の間で大相撲のテレビ中継に見入っておられた。私も相撲好きなので、いっしょにこたつに入らせていただいて結びの一番が終わってから小豆島の思い出話をうかがった。文学運動への弾圧が苛烈だった昭和初期の時代、幾度となく投獄の憂き目を見、風雪に耐えてこられたお二人が、仲よく背を丸めて相撲中継に興じられる。このような心穏やかな晩年のひとときを過されているお姿がほほえましかった。

壺井栄さんのお話をうかがったあと、小豆島を訪ねた。映画「二十四の瞳」のヒットがレジャーブームに引き継がれて、この島には観光客が押し寄せるようになっていた。

して いた。

「島の人たちは、壺井先生には足を向けて寝られませんよ」と、旅館の女中さんが笑いながら話していた。

壺井さんの父親は樽作りの名人だったが、取引き先の醤油会社の倒産のあおりをくって貧乏のどん底に落ちてしまった。十人兄弟の家庭だったので修学旅行の費用の工面がつかず、金比羅参りにも行けなかったと、壺井さんは話していた。同じような話は「二十四の瞳」の中にもある。この作品には作者自身の体験が随所に滲み出ているのである。

「学校まで二里の山道を、母の古着に家で作った藁草履をはいて通ったものです。両親から小学校の高等科に行ってもいいと言われたときは天にも昇る思いでしたよ」と、壺井さんは遠くを見る目つきで回想されていた。

壺井さんは少女時代、よその家の子守り、内職などをしながら高等小学校を卒業し、村の郵便局や役場で働きながら文学書に親しみ始めて、同郷のプロレタリア作家黒島伝治やアナーキズム詩人の壺井繁治らから雑誌を貰って読みふけったという。大正十四年に上京して壺井繁治と結婚、夫の創作仲間だった平林たい子らと親しく交際しているうちに文章を書き始め、民話的な作品が認められて作家生活に入った女流の苦労人として知られる。

〈5〉田宮虎彦・谷間の時代の若者描く

田宮虎彦氏は昭和三十七年頃、吉祥寺にお住まいであった。すでに夫人に先立たれ、やもめ暮らしで二人の男の子を育てておられた田宮氏は、柔和な口調で戦前の〝暗い谷間〟の頃の青春を語られた。胸を病む東大生の本郷での下宿生活を描いて芥川賞候補作となった「絵本」、「菊坂」「足摺岬」など一連の作品を愛読していた私は、耳をそばだてて氏の思い出話に聞き入ったものである。

「当時の苦しかった青春の、いわば時代史です。青年の生き方というものは、希望と不安が絶えず重なり合っているものですが、戦前の暗い時代が青年たちに反映して、青年の暗さをいっそう暗くしていました。そうしたなかで、なんとか希望を見い出してゆこうとする、そんな学生を描いてみたかったのです」と、田宮氏は陽当たりのよい縁側で「足摺岬」のモチーフを語ってくださった。

主人公の「わたし」は作者の分身だが、この小説は田宮氏の自伝ではない。死に場所を求めて東京からやってきた「わたし」は商人宿の〝清水屋〟で、年老いた遍路から「のう、おぬし、生きることは辛いもんじゃが、生きておるほうがなんぼよいことか」と諭される。

田宮氏と会った後、土佐清水市へ出かけてみた。金剛福寺の住職が土地のことなら一番詳しいと聞いて、小説の八重のモデルについて訊ねたところ「たしかにモデルといわれた女性はいたが、どうも本人の妄想らしかった。その人は昨年亡くなりましたよ」と、この四国霊場三十八番札所の住職さんは苦く笑った。足摺岬は夜明けの光景が最も美しかった。切り立った断崖と白い波頭が今なお記憶に鮮やかである。

それから十数年後、田宮氏と再会することになった。『家の光』のデスク（編集課長）を務めていた私は、田宮氏に女性の生き方を題材とする連載エッセイの執筆を依頼するため北青山のマンションを訪ねた。神宮球場のすぐ近くで、スタンドの歓声が聞こえてきそうな一室に招じ入れられた。十階か、十一階の部屋だった。

編集部としては、田宮氏ご自身の体験が滲み出た随筆を期待しての依頼だったが、田宮氏は、欧米の文学作品のヒロインを題材としたものなら書くと言われる。「それは高尚すぎて、小誌のような大衆雑誌の読者には、あまり馴染みません。先生のご体験を何とか……」と頼み込んだが「もう、自分の身を削るようなことは辛くて書けません。勘弁してください」と、断られてしまった。温顔に済まなそうな表情を浮かべながら、田宮氏はみずからコーヒーを入れてくださった。

孤独で清潔な住まいぶりが感じとれた。

昭和六十三年四月、田宮氏はあの高層マンションのベランダから身を投げられた。その悲報を新聞紙上で知ったとき、ついに自殺にまで行きついてしまった氏の清閑な独り暮らしに思いを馳せた。あの日、やっぱり私も田宮氏の心の中の冬景色を見てしまったのではなかったか、そんな感慨にとらわれた。

平成十六年四月、俳優座創立六十周年記念公演として「足摺岬」が両国シアターXで演じられた。極めて感動的なドラマであった。プログラムに子息の田宮堅二氏（桐朋学園大学教授）が書かれた「父のこと」と題する一文が掲載されていた。昔田宮邸を訪れた時、日当たりのよい縁側で父の膝元に座っていた坊やが、音楽を極める学者になっておられる――との感動で、私は堅二氏に手紙を書いた。氏からは、創作一途の日々を生きた亡父の思い出を綴る心の篭った返信が寄せられた。

〈6〉今東光・偽悪の名僧智識

昭和三十八年から三十九年にかけて、今東光氏の連載小説「よしあし草」を担当した。この一年半は、雑誌編集者として最も思い出深いし、最も異常な体験をさせられた。今氏のお供をして岡山・兵庫・九州、山陰と、二度も取材旅行をした。それも氏との二人連れの旅ではなく、氏の二人連れの旅に私が同行するという奇妙な組み合わせであった。今氏は愛人のE子さんを必ず同伴したのである。

経費支出の起案にまさか「愛人」と書くわけにはいかない。止むを得ず「秘書」と記入したが、まったくの〝当てられ旅行〟を三回も経験したのだから（傑作な旅ではあったが）いい面の皮の旅でもあった。

「よしあし草」は今氏独特の河内もので、現代小説ではあったが山中鹿之助や上方の豪商、鴻ノ池善右衛門など歴史上の人物の末裔が登場し、また、しばしば歴史物語が挿入されるので、岡山県では高梁の備中松山城や山中鹿之助が討たれた河原や西大寺を訪ねた。この最初の取材旅行には、当時のK編集長も同行した。

愛人のE子さんは喫茶店のウェートレスだったのを、今氏が口説いて「秘書」にしてしまったらしい。背のすらりと伸びた瑳峨三智子タイプの紀州美人であった。当時『小説新潮』に「和尚の美人行脚」というグラビアが連載されていたが、その和歌山県の巻に、なんとE子さんが掲載されていたのには唖然とさせられた。自分の手つきの女を、初めて会った女のごとくキャプションで礼賛しているのだから、読まされるほうは、まさに被害者である。

E子さんが随伴したので、今氏の身の周りの世話をやく必要はなかったが、心は大いにやけた。「センセ、センセ」とE子さんは始終鼻声でいろいろなおねだりをする。今氏は目尻の下げどおしであった。

最初にE子さんに会ったのは岡山のホテル後楽であった。大阪発の列車に乗り遅れて、和尚の気を大いにもませた彼女は、悪びれぬ顔でホテルに遅参した。グリーンのワンピースと白い肌のコントラストが、まぶしかった。会食を終えて部屋に戻ったら「なかなかの美人じゃないか」と、K編集長は溜め息をついた。「コン畜生とは、ここからきたのですかね」と、私も悪態をついた。

岡山から兵庫の赤穂岬に車で移動し、釣り船に乗ってキス釣りを楽しんだが、当時独身だった私には、目の毒の旅であった。

二度目の旅行は九州であった。神戸港から夜行の豪華客船すみれ丸に乗って別府へ着き、さらに阿蘇一泊ののち熊本に出るという九州横断旅行だった。

別府では、大分合同新聞の記者が今氏を夜のスペシャル・コースに案内するということで、私もそのお供をした。タクシーに乗せられて着いたところは路地裏のしもた屋風の家で、そこの二階の六畳間が別府名物の実演会場であり、ブルーフィルムの上映館（？）でもあった。

実演は、白黒といわれる例の営みであった。演技が始まると、和尚は床のそばまで身をのり出し、立て膝をついて俯瞰したり、畳に坊主頭をこすりつけるようにして仔細に〝観戦〟したりで、その熱心な忙しさがおかしかった。E子さんはハンカチを口に当て、眉をひそめて一応羞恥のポーズをとっていたものの、その眼はランランと演技者を凝視していた。〝一戦〟を終えて身づくろいをしている男のほうに声をかけた今氏の言葉が秀逸だった。

「おまえは、どこの生まれや」（今氏は東京弁と大阪弁を適宜に使い分けていた）

「高知です」

「そうか。暖かいところに育ちよって、おまえは、よっぽど怠けもんやなあ」

男は恐れ入ったふうに頭をかいた。

その翌朝、今氏、E子さん、私の三人は別府から急行〝ひのくに号〟の一等座席指定車に乗った。折からの結婚シーズンで、乗客のほとんどは新婚さんであった。新婚列車はまるで申し合わせたように窓際がズラリと花嫁で、新郎は内側の席に腰かけていた。それは統一ある縞模様であった。今氏もE子さんを窓際に座らせて車内の気分にうまく溶けこんでしまった。私だけが、そのデザインをこわして窓際に独り腰かける。車窓からの高原の眺めがいまいましかった。

「この汽車は、どうも臭いと思っていたら、そのはずだよ。ホウヒ（豊肥）線だもんなあ、アッハッハ」

和尚は屈託なく毒舌を吐き、周りのアベックの顔を赤らめさせて悦に入っていた。

熊本では九州産交の岡力雄社長の招待を受けた。今氏と岡氏は昵懇の間柄で、豪華な料亭に招かれた。座敷には芸者衆がズラリとはべる。

「おい、坊主はええもんだぞ。〝坊主抱いてみりゃかわゆてならぬ、どこがケツやらアタマやら〟っていうくらいでな」と、今氏は気勢をあげる。酒は一滴も飲めないのに宴席のムードを盛り上げるのは堂に入ったものだ。

「おいおい姐さん、せっかく熊本に来たのだから、肥後ずいきの結び方を教えてくれよ」と、和尚が注文すれば、芸者のほうも心得たもので、おしぼりを物体に見たてて、いろいろな巻き方を実演して見せた。若くて純情な一編集者は、この旅行で、しこたま社会勉強をさせられたものである。

玉名温泉では岱明《たいめい》村大野農協の人々の歓迎を受けた。口ひげをたくわえた青年組合長は自民党河野派に属する県会議員であり、青年団活動を通じて今氏の指導を受けているという間柄だった。

この青年組合長は、海軍の人間魚雷の生き残りで恰幅堂々たる九州男児である。「おまえら、熊襲の子孫は……」と和尚が毒づけば、「先生にあっちゃ、かなわんですタイ」と、組合長は肩をゆすって豪傑笑い。宴たけなわとなると、上衣をぬぎ、「先生のサインば、シャツに書いてくんなはれ」と、今氏に背中を向ける。「よしゃ、書いたるぞ」と、和尚は筆をとり「大勇猛心」と書きなぐった。農協職員や青年部員が次々に先生に背中を向ける。「一期一会」「色即是空」「尽忠報国」など、今氏は得意の文字を書きまくった。いかにも火の国熊本らしい男くさい情景だった。

青年組合長は翌日、山腹のミカン園に私たちを案内してくれた。有明海の向こうに雲仙岳を見遙かす絶景であった。精悍なこの組合長こそ、後の参議院議員の浦田勝氏（現・日本園芸農協連会長）である。浦田氏は常に農林議員として体を張り、農協陣営には頼もしい存在となっていた。そういえば今氏もその後参議院選に出馬し、毒舌議員として永田町名物となった。

今東光氏との三度目の旅行は山陰であった。大阪——米子間を全日空機で飛び、松江の八重垣神社で尼子氏の家臣秋上伊織之介の資料を探して宍道湖畔に一泊、つぎの夜は米子の皆生《かいけ》温泉に泊まった。酒が飲めない今氏は、温泉地ではストリップショーの梯子をする。その夜も三軒ばかりヌード小屋を巡回した。西日本のヌードは、おおむね良心的（？）である。和尚のお顔は、すでにマスコミで知られていて〝全国区〟だった。今氏が客席につくと、

「あらッ、センセようこそ。今夜は特別にサービスしたるわ」と、踊り子たちはステージから声をかける。

「たのむぜ。うんとな」

和尚も気さくに答えるから。踊りの良心指数はますます上がって、こちらも思わぬお相伴にあずかる仕儀となった。

今東光氏は、天台宗では大僧正という位を極めた名僧智識であった。中尊寺の貫主にまで推され、瀬戸内晴美（寂聴）さんが心から帰依したくらいの偉い僧侶でありながら稀代の生臭坊主を演じきり、ある意味で徹底した偽悪者ですらあった。奥深い学識と哲理で人の世を洞察透視されたお方であることは言うまでもない。

八尾の今氏邸を訪れたときやパーティなどで、「こいつは鈴木といってな、おれの子分なんだ」というような紹介のされ方をした。別に子分であったわけでもないのだが、このような言い方をするのが今氏一流の人心収攬術であったように思う。

今氏の代表作の一つ「河内風土記」は、氏が天台院主の頃の河内の村落を描いた作品で、登場する人物がみんな大変な「けち」で強欲で、好色であった。浅吉親分とか闘鶏に興ずる農民たちに、村落でただ一人のインテリである和尚は、うんざりしながらも素朴な愛着を感じ、ユーモラスな筆致で物語を書かれた。

今氏は、大抵の作家たちを「馬鹿野郎」呼ばわりしていたが、谷崎潤一郎については大変な敬意をもって語り、川端康成に対しても並々ならぬ友情を抱いておられたことが察せられた。川端の紹介で第六次「新思潮」に参加できたことを深く恩義としていたことが、言葉の端にうかがえたものである。

今氏の葬儀は昭和五十年の十一月、上野の寛永寺でとり行われた。焼香の列に立っていたら、カメラマンがいっせいにこちらに向かってシャッターを切った。ふり向いたら、長身の田宮二郎がすぐ後ろに立っていた。映画「悪名」シリーズで、田宮は勝新太郎と共に出演し、原作者今氏の指導を受けていたのだった。その田宮も、間もなく猟銃自殺をして話題となった。

〈7〉源氏鶏太・サラリーマンを慰め励まし

ユーモア作家源氏鶏太氏の連載小説「東京物語」を担当したのは、昭和四十一年から四十二年にかけてであった。連載に先立って、農村や農協の実情を知っておきたいという源氏さんの要望にそって、播州平野に取材旅行に出かけた。兵庫県加古郡稲美町の天満農協のライスセンターや購買店舗を訪ねたところ、源氏さんは大変興味を抱かれた様子だった。

源氏さんは、この取材地にちなんで小説のヒロインの名前を「加古稲美」と決められた。よほどこの農協に好感を持たれたに違いない。「播州の小麦のような肌をした、健康な娘をぼくは書きたいんだよ」と源氏さんは意気込まれた。

この取材旅行のスナップをグラビアで紹介するため、家の光協会大阪支所のカメラマンO氏も同行した。取材後、夜の神戸探訪となったのだが、神戸牛のしゃぶしゃぶ屋で源氏さんとO氏が意気投合した。互いに酷似したノイローゼ体験を共有していることがわかったからである。源氏さんはその頃、家族が寝静まったあとまで起きて仕事をしていると、えも言われぬ不安感に襲われて家中を徘徊するという奇癖に悩まされていた。

「先生、ぼくも同じです」とOカメラマンが自身の体験を明かすと、

「おう、そうか。きみもか」と源氏さんはO氏の手を熱烈に握られた。同病相憐れむの図であった。

「だいたいノイローゼにもならん奴は、ろくな人間じゃないよ」と、こちらを見る。小さくなって私はその会話に聞き入るばかりだった。

食事を終えてから三宮では一流といわれる北野クラブに源氏さんを招待した。この店で私のズボンの一部が綻びてしまった。見るに見かねたホステスの一人が私をクラブの二階の控え室に連れてゆき繕ってくれた。幼児のようにおずおずとズボンをぬいで渡すと、繕う間、そのホステスは自分の身の上話を問わず語りに聞かせてくれた。父は英国人という混血の身で夫が事故死し、子供をかかえてこのクラブで働いていること、英語が堪能なので外人客の多いこの店では役立つことなど、険しい女の道の物語だった。

「なんだい。時間がかかったな」という源氏さんに一部始終を話すと、

「うまいことをしたな。この店の料金は、きみが自腹を切るべきだよ」と、源氏さんは妙なくやしがり方をされた。

当時の『家の光』の編集長は嶋田洋一氏だった。源氏さんは嶋田氏を「昼あんどん」と呼んで

いた。茫洋として悠揚迫らざる嶋田氏を、源氏さんは大いに徳とされ、

「お宅の昼あんどんは元気ですか」と、駒場のお宅へ参上するたびに訊ねられた。

源氏さんと嶋田編集長と私の三人連れで、夜の銀座の梯子をしたこともある。ラモール、眉、姫などの高級バーを巡り歩いた。性転換で話題となった異色タレント、カルーセル麻紀さんがホステス（?）として勤めていたバーで、源氏さんの脇にすり寄った麻紀さんは、

「わたしモロッコで手術したのよ。もう完全に女よ」と媚態をみせた。

「そうか。身軽になってよかったね」

源氏さんは、にこやかにケントの煙をくゆらせた。やおら一呼吸あって、

「残念ながら、ぼくにはその方面の趣味がなくってね……」と、軽妙に対応された。銀座の夜の、どこか気だるいムードに源氏さんは巧みに乗っておられた。

首都圏の農協の女子職員数名を集め、源氏さんを囲んでのユーモア放談会を企画したことがある。「農協娘の青春」というタイトルのこの座談会で、源氏さんは終始ごきげんであった。

女子職員たちから、サラリーマンの大先輩である源氏さんに、いろいろな質問が寄せられた。組合員の名前を覚えるのが大変という声に、

「名前を聞けばいいんです。鈴木なら鈴木と答える。そうしたら〝いや、苗字はわかっています。お名前のほうを聞きたいんです〟と言えばよい」と、ご名答。上役への苦情が出されると「上役

というのは、どこでも、わけのわからんものです」と相槌を打たれる。

「ぼくはサラリーマンのとき、女の人を叱って泣かれるのが、いちばん辛かった。ところが泣く人が多いんだ。女の武器かも知れんけど困りますよ」の発言には一同爆笑。話が恋愛論に及ぶと「恋愛と結婚はまったく別だと思う。だって人間には恋愛する機会は何回もあるんだもの。初恋から老いらくの恋まで。そのうちの二十歳前後の恋愛だけ特別に尊重する必要はありません」と、OLたちを煙に巻いておられた。

この座談会でも言われたことだが「月給とは我慢料だよ」が源氏さんの口癖だった。私はその後何度かこの言葉に救われた。

家の光協会の編集局には上役を「さん」付けで呼ぶ伝統がある。「それがウチの自由の空気の証しです」と私が源氏さんに誇らしげに言ったことがある。源氏さんは首をかしげられた。

「そうかなあ。上役は多分、部長とか課長とか呼んでもらいたがっているはずだよ。そのうちにわかるよ」と、言われた。住友本社の総務部次長まで務められ、サラリーマンの心情や生き甲斐を終生のテーマとされた源氏さんならではの、含蓄に富んだ言葉であったと、今にして思う。

「金を失うことは小さく失うことだ。名誉を失うことは大きく失うことだ。勇気を失うことは、すべてを失うことだ」というチャーチルの言葉を源氏さんは愛され、好んで引用された。

源氏さんは緑色の罫の特製原稿用紙に2Bの鉛筆で小さな文字を書かれた。升目のなかにネズミの糞のような縮こまった字を連ね、とくに平仮名は小さくて読み辛かった。「よ」と「に」、「ろ」と「る」を判読するのが難しかった。

令息の継根さんは当時、邸宅近くの東大教養学部ロシア学専攻の学生さんだった。今、東北大学の教授をしておられる。文芸家協会のパーティでお会いするたび、ご子息の近況を口にされ目を細めておられた。

源氏さんは富山県の出身なので、私は『家の光』に連載した「お国巡りシリーズ」や「新日本漫訪」などに富山県の巻が掲載されると、その都度掲載誌をお送りしていた。そのことを源氏さんは大変喜ばれて、私が『地上』の編集長を務めたとき、「富山県人であること」というエッセイを寄せてくださった。氏は毎年五月に、夫人同伴で富山市へ墓参に行かれた。「列車の車窓に北陸の海が見えてくる。多くの場合、空はどんよりと曇り、灰色の海は白い波を蹴立てて、見るからに荒涼とし、寒々としている。そういうとき、私は、郷里に近づいて来たのだ、ということをしみじみと感じる」と、源氏さんは書かれている。

「私が富山に生まれてよかったと思う理由の一つは、毎朝夕、仏壇の前に坐って、朝には紅顔あって夕べには白骨となれる身なり、と、蓮如上人の御文を神妙に唱えたことであろうか。富山はまことに仏教の盛んな土地柄で、そういうことが普通のようになっていた。子供の頃は、ただ無心に唱えていたであろうが、この年齢になると、その無常感が身にしみてわかってくるような気がする」

「今の私は、富山県人であったことをよかったと思っている。立山を神として仰いで暮したことが、今日の私にとってどんなに重大なことであったかを痛感している。有難いことであったと思っている」と、源氏さんは郷土への思いのたけを原稿用紙に込められた。

気候に恵まれず、地味な土地柄に育った富山県人は、勤勉で忍耐強い。派手さにも欠ける。

「私もそういう性質を多分に持っている。そういう私がどうしてあのようなユーモア小説を書くようになったのであろうか」と氏は自問されている。氏が晩年、人間の怨念をテーマにした妖怪小説を書くようになったのも、「子供の頃に無心に唱えた蓮如上人のあの御文の影響では」と、源氏さんはこのエッセイの中で告白されたのだった。

〈8〉平林たい子・奔放に生きた女流一代

平林たい子さんには「男ごころ女ごころ」という座談会に出席していただいた。江古田のお宅にハイヤーでお迎えに行った。会場の築地・灘万までの車中は野球談でもちきりだった。こちらも野球好きなので話が弾んだ。大洋の三原監督の熱心なファンで、こちらの相槌に乗りに乗って話に興じられた。コロコロと娘のように笑う人で、私の母親ほどの年齢であるのに「可愛い女性」という印象が残っている。

座談会の出席者は平林さんのほか、漫画家の近藤日出造氏、野球解説の小西得郎氏、女優の清川虹子さんで、いわば人生の達人の色談義となった。平林さんも、ドキッとするような発言をなさった。

「女だって浮気心はたくさんもっていますよ。それは一種の幸福ですよ」

「女としてみれば、女房のない人より、ある人と恋愛するほうが、しがいがあるわよ」

プロレタリア文学の旗の下に参じて社会運動家の小堀甚二と結婚し、別れ、晩年は民社党のシンパとなられ、幾山河を乗り越えられた女流作家の実感から滲み出た言葉と受けとれた。

平林さんは、昭和四十一年から四十二年にかけて『家の光』に「オートバイに乗る娘」という連載小説を執筆された。郷里の諏訪湖周辺を舞台に農婦三代の喜怒哀楽を通じて働く女の行き方を追求する力作だった。

平林さんは長野県諏訪の没落農家に生まれ、社会改革と文学への情熱をたぎらせて、堺利彦を頼り単身上京したのは大正十一年、十六歳のときだった。アナーキストと愛し合い、官憲の眼を逃れて内地から朝鮮、関東州を彷徨する。カフェのホステスまでしながら前衛運動のグループの中で奔放に生きた。弾圧と拘留、闘病生活、結婚、そして破綻。男性遍歴も情熱的で、小堀以外にも多くの男と同棲し、凄惨な失敗に終わる。農民運動家で戦後社会党の書記長となった江田三郎もその一人だ。戦後は二十歳年下の英語教師に熱をあげ、一方的に求婚したこともあった。小堀が愛人との間に子供をつくった時には、卓上ベルと火箸を投げつけるというすさまじさ。波乱に富む生涯を六十六歳で閉じるまで、強烈な個性を発揮して生き抜いた。ライバル宮本百合子との〝女の闘い〟にも火花を散らした。

〈9〉五木寛之・輝ける同世代の旗手

当代売れっ子の作家五木寛之氏とは、氏が作家として世に出る前からのおつきあいであった。昭和三十年代の半ば頃、氏は「のぶ・ひろし」のペンネームで芸能記事や探訪記事を書くルポライターであり、同時にクラウンレコードに所属する作詞家でもあった。「のぶ・ひろし」を名乗っていた頃の五木氏は、三木鶏郎の冗談工房にいた関係で、芸能界の内幕に通じ、『家の光』や『地上』に毎月のように、いわゆるゴシップ原稿を書かれていた。

当時『地上』編集部の編集次長だった森嶋大明氏は、経済記事を面白く読ませるために、五木氏に取材やリライトを依頼した。その頃、バナナの輸入の自由化で、日本のリンゴ農家が脅威を感じていた。そこで「バナナはこわい」というタイトルで五木氏に書いてもらったのだが、当時の白勢松蔵編集長がその原稿を気に入らず、氏を編集局の奥の小部屋に〝缶詰め〟にして三回ほど書き直しを命じたりした。今思えば、まことに恐れ多い話だが、当時の編集スタッフは、まさかこの人が一世を風びする大作家になるとは想像もつかなかったのである。

次に「ローカルタウン」というタイトルで、地方都市のお色気の穴場を探訪することになった。これは、五木さんにピッタリの題材で、書くのが実に速かった。出張から帰ってきて、三時間くらいで書き上げてしまう。五木さんは、編集部の一員みたいなもので、我々にコーヒーを入れてくれたりして、今では考えられないような現象を呈していた。編集部員は仲間の一人みたいな気持ちで五木氏と付き合っていたのである。

この『地上』時代の思い出が強烈だったのか、五木氏は「さらばモスクワ愚連隊」のなかで、白勢と森嶋という名の人物を登場させている。

私は五木氏には歌謡曲界のゴシップを書いてもらったり、ナホトカ・ハバロフスクの紀行文を寄せてもらったりした。原稿を受けとる待ち合わせ場所に美女同伴ということもあった。そのたびに「ぼくのアシスタントです」と紹介されたものである。

叶絃大というクラウンの作曲家が五木氏とコンビを組んでいて、三人で神楽坂の中華店「五十番」の座敷で痛飲したこともあった。世代が同じ、学部は異なるが大学も同じということで共通の友人もあり、私も当時は芸能記事を担当していたこともあって話に花が咲いた。

「さらばモスクワ愚連隊」が評判となり「蒼ざめた馬を見よ」が直木賞に推された頃、審査員の源氏鶏太さんが「今度、素質のある新人が出てきたよ。五木というんだ」と、高い評価をされていたのを思い出す。

五木氏が日刊ゲンダイに連載執筆している「流されゆく日々」が、平成二十年六月に八〇〇〇回を迎えた。その記念に「私と流されゆく日々」をテーマにした超ショートエッセイ（四〇〇字制限）の募集があった。永年の愛読者である私は無論応募して「五木さんのサービス精神」と題する一文を送ったところ、幸い入選することができた。「サービス精神」とは、前記の〝深夜のコーヒー〟が主題だが、同時に、氏がこの「流されゆく日々」で時折り家の光ライター時代の思い出話を書いて下さることも含めてである。私は時々、氏の作品についての感想の手紙などを投函しているが、超多忙の氏は、返事を書く暇などあろうはずがない。それで、時折り文中で『家の光』のことにも触れて下さるのである。

八〇〇〇回記念の論楽会（トークと音楽ショー）が新橋のヤクルトホールで開催された。そのステージで、氏が学生時代の思い出を描いた「七年前の古本屋」という詩も歌手・松原健之の歌声によって紹介された。

古本屋　キリン堂
首の長いおっさんがいて
いつも眼鏡をふいていた　（以下略）

高田馬場駅から早稲田通りに並ぶ古本屋街は、私たちの世代にとって懐かしい界隈だ。チェーホフ全集を店に売った五木氏のような痛切な体験は、私もまた共有している。

五木氏が学ばれた露文科は純文学志向の苦学生が多く、就職の当ては、ほとんどゼロという状況であった。それでもプーシキン、トルストイ、ドフトエーフスキー、チェーホノなどの文学に憧れる純粋な学生が多く、学生運動の拠点でもあった。五木氏の苦学ぶりは極め付けで、大学近くの穴八幡の床下に寝泊りした苦痛な体験も代表的自作「青春の門」創作の糧となっている。

このほど五木氏から『私訳歎異抄』（東京書籍）が贈られてきた。二十年ほど前、創作活動を中断し竜谷大学で仏教を学んだ氏は『蓮如・聖と俗の人間像』を手始めに、『百寺巡礼』『21世紀仏教への旅』などのユニークな仏教書も数々刊行されている。一方で『わが人生の歌がたり』等で、私たち世代を昭和へのノスタルジーに浸らせてもくださる。同世代に五木寛之という作家を得たことは、まことに大きな幸せである。

〈10〉司馬遼太郎・偉大なる歴史の旅人

司馬遼太郎氏が初めて『家の光』に登場されたのは昭和三十七年の五月号であった。「梟《ふくろう》の城」で直木賞を受賞されて間もなくのことで、司馬氏は「法螺貝と女」という短編を書かれた。これは許婚者のいる女の密通を題材にした時代小説で、氏としては珍しく性描写があって、お堅い雑誌として定評のあった『家の光』としては、異例の作品でもあった。

「あのとき、一瞬でそのことが済んだ。しかし、そのあとお静は部屋にもどってから寝入るまで、からだのなかに異物が入っているようで、それが名状しがたい奇妙な気持だった。ふとそのときの実感をお静はいま思いだし、（あ。…）と心のなかで小さく叫んだ。思いだすと同時に、不意に体の奥が濡れてくるのを感じたのである」

当時の『家の光』にとっては、これを掲載すべきか否かが難題だった。ときのK編集長は大いに悩まれた。最初の原稿はもう少し直接的な表現だったのを一回手直ししてもらってこの表現に落ち着いたのだった。編集長というのは気苦労なポストだが、この頃、桜井弘氏という編集主幹

（編集担当常務）が誌面の隅々まで目を光らせておられたので、間に入ってＫ編集長は板挟の苦しみを重ねられたことと察せられる。そういう意味でも思い出に残る作品であった。

昭和四十二年から四十五年まで私は大阪支所に赴任し東海近畿版の編集を担当した。主として農業記事を取材したので作家とのつきあいは、ほとんどなかったが、今東光氏の参院選出馬の激励会が中之島の大阪ロイヤルホテルで開かれたとき、司馬遼太郎氏とご一緒した。私が何げなく氏に向かって「先生は品川弥二郎には興味をお持ちになりませんか」と訊ねたら、司馬氏は、きょとんとされ、異なことを言う人もあるもんだという風に私を見た。

「品川は農協の前身の産業組合の生みの親で、農協陣営にとっては特別な人なんです」と私が言っても、司馬氏は一向に興の乗らないお顔だった。（品川には、さほど食欲を感じておられないのだナ）と察した私は、あわてて別の話題に移した。それから十数年を経て、司馬氏のエッセイ集「歴史と視点――私の雑記帳」（新潮文庫）を読んだとき、氏のあのときの浮かぬ顔の原因に思い当たった。氏はこんな風に書かれている。

「故松陰門下でも、品川弥二郎は人が好かった。頭脳においてすぐれていなかったことは松陰もみとめている。『弥治（弥二郎）は人物を以て勝る』と松陰も評した。この程度の人物でも、明治十七年に子爵になり、同二十四年には内務大臣になっている」

要するに司馬氏は品川弥二郎の人物を大して買っておられないのである。私はそういう事情に不明で、あれだけ維新の志士、元勲を書かれる司馬さんが品川に手を染められないのはなぜだろうといぶかって訊ねてしまったのである。

その後、司馬氏から葉書が寄せられたが、ただ一言「品川弥二郎の一件、面白かったね」と書かれていた。どうやら私の方に、品川への過度の思い入れがあったようである。

昭和四十七年の十一月、私は韓国出張を命じられ、この国のセマウル運動を取材する機会を得た。「セマウル」とは「新農村」の韓国語で、朴大統領の提唱で全国的に新しい村づくり運動が取り組まれていたのであった。この取材に先立ち、下準備の資料として私は司馬氏が執筆されている「街道をゆく」の第二巻に目を通した。氏の農村観がこのなかに滲み出ているからである。

「韓国の農村を貧困といえるだろうか。その社会を測るために、貧富というあいまいな基準が二十世紀のある時期まで大いに用いられたが、いまは農村が荒れているか荒れていないかというほうがより重要な基準であるように思われる。その基準からいえば、日本の農村のほうがはるかに荒れている」

司馬氏のご指摘のとおり、日本の農村では米の生産調整や、農民の生産意欲減退による耕作放棄と手抜き栽培で、田畑に雑草が生え放題である。日本農村の病める姿にひきかえ、韓国の農村の方がはるかに健全であると司馬氏は見抜いておられたのである。

超話題作となった「竜馬がゆく」「新撰組血風録」、さらには高杉晋作を描いた「世に棲む日日」、西郷隆盛を描いた「翔ぶが如く」で、幕末、明治維新前後の歴史物語を司馬氏は綴った。さらに「坂の上の雲」は、正岡子規と秋山兄弟を中心に近代国家をめざす日本、つまり勃興期の明治を描く雄大なロマンであった。

歴史を遡れば「義経」「空海の風景」などで中世の歴史を辿り、「国盗り物語」「城塞」「覇王の家」で戦国時代、「菜の花の沖」「花神」で江戸末期を描いた司馬氏は、不世出の文明批評家でもあり〝知の巨人〟であった。

〈11〉城山三郎・組織の中の人間を洞察

私が敬愛する作家城山三郎氏にお会いできたのは『地上』の対談企画だった。昭和四十七年一月号に「日本人を考える」というタイトルで掲載された読物で、対談の相手は毎日新聞論説副主幹の山本進氏だった。エコノミックアニマルと悪口を言われ始めていた当時の日本人のビヘイビアを題材にした新春対談で、城山氏は農協の団体旅行を弁護され、「農協の団体旅行がなんだかんだ言われていますが、ひとつには、やっかみもあるんじゃないでしょうか。農村の人は自由に参加できるでしょう。会社の社員旅行だと、課長とか、平社員とかの肩書きがつねについてまわるから〝やあ、課長。一杯どうです〟といった調子で、会社の延長ですものね。（笑）」

組織の中の人間の生き方をテーマとされている城山氏だけに、こんな発言も聞かれた。

「ほんとうに切実に脱サラリーマンを志向しているのは、三十代、四十代のミドルエージですよ。一年くらいゆっくり休みたいし、外国へでも行きたいんじゃないですか。しかし現実には、休みすらとれないでしょうね」

「良きにつけ悪しきにつけ、日本人はつねに企業というものの存在を無視できない。たとえばサラリーマンが、現実社会の矛盾にたまりかねて市民運動をやるにしても、会社の名前は出さないでくれと言いますね。原則的には、個人が会社を離れて何をやっても自由なはずなんですが、やはり会社というものが尾を引いているわけです。だからもう少し、企業というものから切れるということが大事だと思います」

城山氏は名古屋市の生まれで、名古屋商業に学び、戦争末期に海軍特別幹部練習生を志願して入隊したが三ヶ月で敗戦。戦後東京商大（一橋大）に学び理論経済学を専攻。卒業後愛知学芸大学で景気論を講ずる傍ら、小説を書き始めた。そして戦後の十余年で異常なまでに復興した日本経済の諸悪を抉る新しい分野を切り開く。

城山氏は、企業の中の人間模様を題材とする独自の経済小説を手がけられており、直木賞受賞作となった「総会屋錦城」をはじめ「輸出」「事故専務」「小説日本銀行」「役員室午後三時」など一連の作品を、私はむさぼり読んだ。

ヒューマン・リレーション（人間関係）が、組織の中での生き方のキーワードとなりはじめた頃、城山氏の小説はきわめて示唆的で、私のような若いサラリーマン世代は吸い寄せられるように読んだ。農協界でも組織を解析する小説として評価され、つよくアピールするものがあった。組織の動態に対する洞察なしには、農協運動を前進させる鍵がつかめなかったからである。

その意味で、直かに城山氏の日本人論を拝聴できたことは大きな幸せであった。

城山氏はその後、「粗にして野だが卑ではない」で元国鉄総裁・石田禮助の生涯を描き、「落日燃ゆ」でA級戦犯の文官、広田弘毅を活写された。「通産官僚たちの夏」「毎日が日曜日」などにも深い示唆を受けた農協マンが少なからずいる。組織の中で生きることの難しさは、各界のサラリーマンにも協同組合の運動者にも共通するものがあるからだ。

丸の内ホテルから茅ヶ崎までタクシーでお帰りいただくことにしたら「いいえ、電車で帰ります」と固執された。派手なところの一つもない、生まじめな作家という印象だった。海の見えるところがお好きで、永く茅ヶ崎にお住まいだった。

城山氏は平成十九年、間質性肺炎で逝去された。享年八十であった。

〈12〉三浦哲郎・清冽な作風そのままに

昭和四十九年、『家の光』編集部の編集第二課長を命じられた。この第二課というのは時局、文芸、スポーツ芸能などの読物記事をカバーする部署なので、作家の方々との接触も濃密であった。

前任のI課長（のち『家の光』編集長）から引き継いだ連載読物は、三浦哲郎氏の小説「野の祭」と水上勉氏の随筆「生き方の追求」であった。当時の労組は外勤拒否や超勤拒否を頻発していたので、闘争期間中、担当者に代わって原稿を受けとりに行ったり、ゲラを届けたりするのも課長の重要な仕事であった。

三浦哲郎氏のお宅は練馬の高松にあり、何度となく参上した。夫人はいつも着物姿で紺絣に黄色の帯がよく似合う、小柄でおしとやかなお方である。真冬の深夜に手づくりの鍋焼きうどんをふるまってくださったときは大いに感激したものだ。夫人のことは三浦哲郎氏の出世作となった「忍ぶ川」に「志乃」の名で詳細に描かれている。

三浦氏の「私」は学生時代、寮の卒業生の送別会が開かれた料亭で、その店の女、志乃と知り合う。志乃には婚約者がいたが、「私」は半ば奪いとる形で結婚する。大晦日、志乃を連れた「私」は夜行列車で上野を発ち郷里の八戸へ帰る。

「雪国ではね、寝るとき、なんにも着ないんだよ。生まれたときのまんまで寝るんだ。その方が、寝巻なんか着るよりずっとあたたかいんだよ」という「私」の声にうながされ、志乃は「私」の横にすべりこむ――

夫人を目のあたりにして、あの清冽な初夜の描写が思い起こされ、なんとも悩ましい気分に囚われてしまった。しかも――「私」と志乃が寝ていた二階の部屋の前の道を馬そりが通る。二人は鈴の音に誘われて、裸のまま一枚の丹前にくるまり、雨戸を細めにあけて馬そりの黒い影を見る。外は雪で、野道が月光を受けて真昼のように明るい。あの瑞々しい純愛小説は昭和三十五年下期の芥川賞を受け、ほぼ同世代の私も三浦氏の美的世界に誘い込まれたものである。あの「志乃」が、今、ここに和服姿でお茶を出してくださる。それだけで私は上気してしまった。

三浦氏は文壇中堅のなかでは遅筆で有名であった。連載の一回当たりの枚数は二十五枚の分量なのだが、最初の五、六枚をもらった段階で、すでに挿し絵の締切りが迫るのが常だった。あとの部分は「絵組み」といっておおよそのストーリー展開をメモしていただき、そのメモを画家の小松久子さん宅に届けて絵型を決め、割り付けを先に済ませるという苦肉の策をとらざるを得なかった。最終校了日の深夜にやっと最後の原稿が〝すべり込み〟で間に合うという綱渡りの毎月だった。

「すみませんねえ。今月も絵組みでお願いします」と、三浦夫人に泣きつかれては、こちらもジタバタするわけにはいかない。絵組みのメモだけをもらい、石神井川の縁に待たせておいたタクシーで悄然と帰る深夜の情景が瞼に浮かぶ。冴え渡る月の光、吐く息の白さ——思い出はどうしても冬の夜ということになる。年末闘争、春闘と、寒い季節の日参が多かったためだろう。

三浦氏は、文壇でも有数の美男子で物静かな作家である。四人の兄姉が自殺をしたり失踪したりの宿命に耐えてこられた。その肉親への鎮魂の思いが大佛次郎賞受賞の「白夜を旅する人々」に込められている。

三浦氏の六歳の誕生日に次姉が津軽海峡に入水、同じ年の夏、長兄が失踪、翌年の秋長姉が服毒自殺した。大学入学の翌年には次兄が失踪している。つまり五人の兄姉のうち四人までが自滅の道を辿った。その兄姉の人生に異様な血の流れを感じ、煩悶の末、身辺小説を書くに至る。血の浄化を志すような清冽な作風の源はここにある。三浦氏自身、十五歳のとき「たった一度だけ遺書を書いたことがある」というライフヒストリーの持ち主だ。

氏は早稲田の出身だけあってラグビーのファンである。「トライをあげても、サッカーのように跳びハネるのではなく、しれっとしているところがいいですね」と、ラグビーの良さを賛えておられた。『家の光』連載の「野の祭」は青森県の果樹試験場技師を主人公とする清々しい田園小説で、毎日新聞社から単行本となった。

「野の祭」を脱稿されると間もなく三浦氏は『文藝春秋』連載の歴史小説「少年讃歌」の取材でポルトガルへ赴かれた。天正遣欧使節の伊東マンショを書くためである。その旅行のお供をしたのが文春の岡崎満義氏（のちに編集長）であった。岡崎氏は、『地上』掲載の座談会「マスコミ人の見た農業・農協」に出席していただいたことで私と知り合いとなった。その岡崎氏が『家の光』連載直後の三浦氏の小説を担当するということにも何かの縁を覚えたものである。

連載の打ち上げを兼ねて三浦氏の壮行会を赤坂のたん熊で催した。若尾文子に似た挿し絵の小松久子さんにも出席していただき、宴は大いに華やぎ、三浦氏はおだやかな笑みを絶やされなかった。なお、文藝春秋の岡崎氏は農業問題に並々ならぬ見識をお持ちで、二一世紀村づくり塾百人委員会の都市側委員を務められた。

〈13〉水上勉・厳しくも気難しい巨匠

水上勉氏が家の光協会と初めて接触されたのは、昭和三十五年に『地上』に連載推理小説「黒い谿《たに》」を書かれたときで、「雁の寺」で直木賞を受賞される直前であった。以来短いエッセイなどをたびたび寄稿され、私も氏の等持院修行時代の兄弟子関牧翁師の思い出話を書いていただいたことがある。

水上氏に依頼したテーマは「わたしの苦難時代」というエッセイで、『家の光』の昭和四十一年二月号に掲載された。水上氏は人生上、深い影響を受けた三人の師のことを書かれた。一人は、水上氏が若狭の生家を出た九歳のときに京都の相国寺で世話になった山森松庵老師のことであった。水上氏は老師から頭を拍子木で撲られながら「不条理」というものを学ばれた。第二の師は東京堀留の反物問屋の主人で、この人からは行商のコツを学んだ。いちばん苦手なお得意客を攻略する術であった。第三の師が天竜寺管長の関牧翁師で、この人からは「やさしい心」を学ばれた。牧翁氏は常に水上少年を温かく包み、心を和ませた。「珠玉になるより完全な瓦となるべし」

が、関牧翁氏が水上氏に与えた言葉であったという。

水上氏の初期の短編集「越後つついし親不知」（光風社刊）には、寒村の棚田や段々畑を這いつくばうようにして耕作する貧農の姿が活写されている。この農夫を見つめる氏の目には、親近感からくるいたわりと救い難い諦念とが交鎖している。

昭和五十二年には水上氏に、農村婦人問題の評論家丸岡秀子さんと対談していただいた。水上氏が、家の光協会から出された随筆集「足もとと提灯」の読後感想文の審査を丸岡さんにお願いしたことが、この対談開催のきっかけで、タイトルは「農と人生」であった。幼少時貧しい宮大工の家に育った水上氏は、母や兄弟と共にもらい風呂に行った。夜道を照らす提灯を持つのが水上氏の役目であった。信州の山村に育った丸岡さんは、水上氏に言い知れぬ親近感を抱かれた。

「日本は西欧からくる知識をとり入れて上手に生きていく国のようですが、いざというときに国を立ち直らせるのは、物を大事にし無駄使いを避ける農民の心ではないか」と、水上氏は語り、丸岡さんは「わたしも農村に育った体験から、そのことがよくわかります」と賛意を表された。

提灯で夜道の足元を照らされた水上氏と、桑の葉を摘み、籠に背負って山道を歩いた丸岡さんとの対談は、地に足をつけた農村の暮らしの強みと、農業に生きることの確かさをしみじみと語り合った〝心の糧〟の人生対談となった。

水上氏が長期の連載随筆を『家の光』に書かれたのは、「生き方の追求」が初めてであった。

昭和四十九年の六月、水上氏はアンデルセン取材のためデンマークに渡航された。その出発前、餞別を届けに担当のA君と共に成城の邸宅を訪ねたときのこと、小さな某出版社の担当者と応接間で同席したのだが、何か水上氏に対して失礼にあたる失敗をしでかしたらしく、その編集者は氏に平謝りの態だった。しかし、いくら陳謝を繰り返しても氏はいささかも容赦せず叱声を浴びせ続けた。それは「水に落ちた犬は叩け」という西洋の俚諺を想起させるほどの峻烈さで、こちらまで震えあがる思いだった。以後氏との接触に際しては粗相のないよう極度に神経を使った。

気難しい水上氏との気詰まりな局面を切り抜けるカードを二枚、私は持つことにした。農民文学派の丸山義二氏と熊王徳平氏のご両人の話題を口にすることだった。戦前、水上氏は丸山義二氏の小説を愛読し、丸山氏の紹介で日本農林新聞社に就職された。そのことで水上氏は丸山氏に恩義を感じておられ、丸山氏が家の光協会の嘱託となられていたことで協会にも親近感を抱かれていた。

水上氏は世に出る前の行商時代、山梨県在住作家の熊王徳平氏と苦楽を共にされた仲間だった。宇野浩二を共通の文学上の師匠と仰ぐ間柄でもあった。熊王氏には以前『家の光』の座談会に出席していただいたことがあるので、その話を出すたびに、水上氏は苦りきった顔を幾分ほころばせ「甲州商人」は名作だったね、熊王さんは元気かな、と懐かしげな表情を浮かべられた。

水上氏は福井県大飯郡本郷村の宮大工の子として生まれ、口減らしのため九歳で京都の寺に預けられ、修行の苦しさに堪え切れず寺を脱走して以来、二十数回職を変え、薬売り、集金人、沖仲仕から編集者まで経験した。三十数年も放浪生活の末、漸く推理小説「霧と影」で認められ、一躍人気作家となった。北陸の寒村の寂しく厳しい風土と人情を描く、詠嘆的で抒情的な作家であった。

水上氏は晩年長野の山裾に居を構え、旺盛な執筆活動を続けたが、平成十六年感染症で死去された。享年八十五であった。

〈14〉サトウハチロー・〝瞬間湯沸かし器〟の詩人

昭和三十年代から四十年代にかけて『家の光』では三菱重工とタイアップしてＴＢＳの全国放送「田園ソング」の歌詞募集を続けていた。その選者を西條八十氏とサトウハチロー氏のお二人にお願いした。担当が私であった。「田園ソング」からは井沢八郎の「ああ上野駅」、村田英雄の「皆の衆」、舟木一夫の「ああ青春の胸の血は」など、数々のヒット曲が生み出された。

審査会の会場は、のち火災で有名になった赤坂のホテル・ニュージャパンだった。審査会では、サトウハチロー氏が十一歳年長の西條氏を先輩として常に立てていた。先輩というより詩作の師匠として並々ならぬ敬意を払っていたという方が正確である。

ある年の審査会の日、ハチロー氏を向ヶ丘弥生町の邸宅にハイヤーで迎えに行ったところ、東大本部と農学部の間を抜ける言問《こととい》通りが道路工事で通行止めとなっていた。止むなく湯島へ迂回して、いったん不忍池の辺に出て根津からハチロー氏宅へ参上したときは予定の時刻を十五分ほど過ぎていた。

ハイヤーが着くや否や、ハチロー氏は大声で怒鳴りたてた。
「これじゃ、西條先生に遅れて会場へ着くことになるじゃないか。そんなことは俺にはできねえ。家の光の馬鹿野郎ッ、どうしてくれる！　俺は家の光で飯を食わせてもらってるんじゃないんだぞ」

切れめなしの罵詈雑言が頭上に落下した。すさまじい落雷であった。道路工事のことを話したが、聞く耳などあろうことか。車中では怒鳴られ通しだった。

ホテルに着いてからが、また辛かった。ハチロー氏は西條先生に平謝りの態で、私は居場所がないほどだった。西條氏は穏やかな笑顔でハチロー氏を出迎え、「そんなことキミ、気にすることないよ」と、大らかなものだったのが救いだった。

審査会が終ってから数日後、わたしはハチロー氏に詫び状を書き、事情の釈明を付記した。折り返しハチロー氏から返事がきた。「あんな姿を、きみに見せて恥ずかしく思います。済まなかった。許してくれたまえ」と、原稿用紙に鉛筆でサラサラと書かれた手紙だった。このハチロー氏からの返事に、私がどれだけ救われたことか。いつも車中で野球談議を交わし談笑する間柄だっただけに、ひび割れた人間関係の回復が嬉しかった。

サトウハチロー氏は左耳が、私は右耳が難聴なので、車に乗るときはいつも「君、先に乗れよ」とすすめてくださった。これだと、良い耳同士で話ができるからだった。氏は中日ドラゴンズの熱烈なファンで、西沢道大、坪内道則両選手の話になると、あごひげを震わせて熱っぽく弁じられたものである。

異色の詩人、サトウハチロー氏は大衆作家佐藤紅緑の長男として、東京・牛込で生まれた。小学生の頃から稀代の腕白で、小中学は八回も転校し立教大学を中退した。詩人・福士幸次郎や西條八十に師事。抒情詩、童謡のほか時に小唄をつくり、後に多くの歌謡詞をつくった。特に童謡「小さい秋みつけた」や詩集「おかあさん」などで知られる。佐藤紅緑に徹底的に反抗し勘当を一七回もくらった。いつまでも子供の心を失わない素朴でやさしい詩には没後もファンが多い。

〈15〉西條八十・変幻自在な唯美主義

私が、西條八十氏の担当になって応募詩の審査を依頼したり、また入選作の補作をお願いするために、砧の東宝撮影所近くの邸宅に出入りするようになったのは昭和三十六年だった。

その前年、西條氏は晴子夫人に先立たれていて、やもめ暮らしであった。西條邸は敷地も数百坪という広さだし、お邸も豪壮であった。応接間にはビリアードの台が置かれ、ちょっとした会社の会議室くらいの広さであった。そんな広大な邸宅だけに、お手伝いさんと家僕がいても、氏は見るからに寂しげであった。

昭和三十六年三月号の巻頭言〝人生随想〟に「夫婦の結びつき」という短文を書いていただいたところ、亡妻への想いが切々と述べられていて読むのが辛かった。

邸宅の周辺一帯の土地は、晴子夫人の才腕によって西條家の名義になっていたし、家作も多数所有されていた。詩人西條氏に資産管理や財テクの能力など、かけらもない。すべて夫人の才覚によるものだった。

所管課長のI氏は、大学時代、西條氏からフランス詩論の講義を受けた教え子である。巻頭言だけで満足されず、追い討ち（？）をかけるように「亡き妻を想う」というエッセイを氏に書いていただくよう、私に命じた。担当の私は辛い思いで執筆を依頼した。

昭和三十六年八月号に四ページにわたって掲載された一文は、しかし、読者に強い感動を与えるものだった。

ちょうど夫人の一周忌の頃で、西條氏は赤坂の菩提寺に比翼塚を作られ納骨をなさっていた。墓碑には「西條八十　西條晴了墓」と彫られていた。そして「亡妻頌」という詩も刻まれていた。

われらたのしくここに眠る
離ればなれに生まれ、めぐりあひ、
短かき時を愛に生きしふたり、
悲しく別れたれど、また、ここに、
心となりてとこしへに寄り添ひねむる

いただいたエッセイは、次のような氏の想いが述べられていた。

「ぼくは妻に死なれた直後、その悲しみから逃れるために出来るだけ早く妻のことを忘れたいとおもった。しかし、このごろになって、考えが変わった。それは、世の中が忙しくて、彼女の死のことなど多数の人はじきに忘れてしまう。永く覚えているのは良人だけだ。だからせめて自分だけは、いつまでも覚えていてやらねばならぬ。そうしなければかわいそうだ、という考えに変わった……」

そして、文章の末尾には、老いてなお、男性の血が流れる生身の寡夫の辛さが滲み出ていた。「しかし、人間の心は、このごろの梅雨空のように転変する。老いて独りで生きる寂しさをこらえても、不便さは言うべくもない。だが、この決意の揺らぐ日のないよう、ぼくは心に朝夕鞭を加えている」

昭和四十五年に西條氏は逝去されたが、再婚は、なされなかった。

西條氏は、農協界にとっても、縁の深い詩人であった。

一つは産業組合歌の作詞者であるということ。〽深山《みやま》の奥の杣人《そまびと》も……で始まる、あの勇壮な歌である。もう一つは、令嬢嫩子《ふたばこ》さんのご夫君が農林中金の副理事長を務められた三井武夫氏という間柄である。三井氏は、のち謎の失踪、自殺を遂げられ世間を唖然とさせた。

それにしても「唄を忘れた金糸雀《かなりや》は、象牙の船に銀の櫂《かい》」という可憐な童謡を作られた同じ人が、〽若い血潮の予科練の……で始まる軍歌を書き、しかも一転して戦後は〽あなたのリードで島田もゆれる……の「芸者ワルツ」である。「三つの顔を持つ」と言われた変幻自在な詩人の姿が、ここに見出される。繊細巧緻な唯美主義と美的ニヒリズムから華麗に明滅する心象の風景を綴られたこの詩人には、もう一つ、ほほえましいエピソードがある。

西條氏の令兄の子息、つまり甥御さんの一人に岡崎省吾氏がおられる。岡崎氏は、新潟県で農民運動に従事されたり、流行歌手広田三枝子のマネージャーをしたりという行動半径の広いお方で、しかもルポライターとして『家の光』や『地上』の取材の仕事も永く続けられた。私も岡崎氏の記事の担当を何回か経験しており、親しい間柄の人である。

岡崎氏のご父君は、いわゆる〝遊び人〟で大層な放蕩家であったようだ。俗にいう「愚兄賢弟」の仲で、弟の西條氏から見たら「困った兄貴」であったらしい。

省吾氏がぶらりと叔父君のお宅を訪ねたときのこと、西條氏から見たら〝あの兄貴の子〟である。親に似た〝だらしのない〟甥と思い込んでいたとしても無理はない。省吾氏の顔を見るや、物も言わずに、むんずとお札を二枚握らせた。すぐさまポケットにしまい込んだ省吾氏が、あとで取り出したら一万一千円だったという。

「叔父貴は二万円のつもりで呉れたんでしょう。ぼくにしてみれば、九千円損をしたような気分でしたよ。そういうところは無頓着な叔父でした」

岡崎省吾氏は、のちにルポライターとしての筆を絶ち、京都で悠々自適の日々を過ごされた。

岡崎氏の温和なお顔に接すると、輪をかけて穏やかな西條氏の面影が重なってくるようである。

〈16〉佐藤愛子・荒ぶる血脈を受けて

佐藤愛子さんを聞き手としての連載対談「この人ひと味」は昭和五十一年一月号から一年半ほど続いた。知名人ではディック・ミネ、中村メイコ、元出羽錦の田子の浦親方などをゲストにお招きしたが、地方在住の人との対談では、愛子さんを現地にお連れしての取材となった。女性の下着メーカー「ワコール」社長の塚本幸一氏との対談で京都の本社を訪問したときの出来事が忘れられない。メイン商品のブラジャー談義が弾んだので、担当のT君が「きみがみ胸に幸多かれ」という気の利いたタイトルをつけた。京都独特の冷え込みが強い日だったので、対談が始まる前に私は小用のトイレにとび込んだ。そこまではよかったのだが、出てから役員応接室で待つ愛子さんに「トイレは通路の突き当たりを右に曲ったところにありますよ」と申しあげてしまった。「今のうちに……」という言葉は呑み込んだが、愛子さんのお顔には〈余計なお世話よ〉という表情がみるみる広がった。〈何よ、淑女に向かって〉とブンむくれてしまったのである。

父上が佐藤紅緑、兄上がサトウハチロウー氏。瞬間湯沸器の血筋を充分に引いておられるのだ。

こちらも、そのへんのことを洞察していなければならなかったのである。帰りの新幹線の車中でも、愛子さんはご機嫌斜めで、受け答えのツンツン節が身に応えた。

かつて令兄ハチロー氏の落雷を受けた話は前述のとおりだが、端なくも兄妹お二人の逆鱗に触れてしまったのも因果なことである。

このシリーズで一回だけ単独で大阪へ行っていただいたことがある。担当のT君が会場で待ち受けたのだが、伊丹空港から会場のホテルまではタクシーを拾ってもらった。その料金の領収書をとるよう、予め気易く頼んでしまったのだが、あとで「作家に領収書をとらせるとは何よ！」とT君はきついお叱りを受けた。それも結局は所管課長の監督不行き届きのためである。早速、菓子折りを持って太子堂のお宅へ謝りに参上したことはいうまでもない。

太子堂のお宅といえば、その頃、愛子さん宅に刃物を持った強盗が押し入ったことがある。愛子さんは隣家との境のブロック塀によじ登り大声をあげて助けを求めたところ、その声に驚いた強盗が退散。顚末が新聞に報じられた。「肝っ玉愛子さん」の見出し入りであった。一件のすぐあと、お宅を訪ねたとき、

「あの塀をよじ登ったのよ。今思うと、よく登ったものね。もう一度やれと言われても、できないわ」と、笑い声をたてて話された。この人の笑顔は、なんとも愛らしい。その頃でいうとテレビ・キャスターの宮崎緑さん風の、いかにもお嬢さまらしい笑い顔である。六甲山麓の深窓で紅

緑先生に大切に育てられたライフヒストリーが感じとれるのである。

　愛子さんと評論家の上坂冬子さんとの対談は九段下のホテル・グランドパレスであった。すでに顔馴染みのお二人が顔を合わすや、たちまち、共通の電話魔の話となった。

「あれから、かかってきました？」と上坂さんが訊ねると「ええ、またよ。〝ドッキングしましょう〟なんて言ってくるの。ばかにしてる。〝それほど不自由してませんよッ〟って、切ってやったわ」と、愛子さん。

「この間はね、〝ぼく、寝つけないんです。先生何とかしてください〟って切羽詰まった声で言うのよ。〝勝手にしなさいッ〟て、どなりつけてやったの」と、上坂さんもブチまける。そのあとの上坂さんのセリフが爆笑ものだった。

「なんで、あの電話魔、この二軒の間を行ったりきたりするんでしょうね。案外、美貌好みじゃないかしら」

　愛子さんも「きっと、そうよ」と応じて、聞いているこちらの腹の皮も存分によじれた。この対談は「こんな幸福もある」という海竜社からの単行本に転載されている。

　上坂冬子さんはトヨタ自動車に勤務しておられた頃の体験をもとにして書かれた「職場の群像」で第一回思想の科学新人賞を受賞され、マスコミ界に登場されたが、「生体解剖」「巣鴨プリズン13号鉄扉」などを書かれて屈指のノンフィクション作家となった。

佐藤愛子さんは、父佐藤紅緑が大阪住吉に滞在していた時に生まれた末娘で、父親の豪気なところを良い意味で受け継いだと言われる。女流作家には珍しく明るいユーモアを持ち味にしているが、浪費癖の強かった夫との離婚、莫大な借金の返済、子育てといった苦労の積み重ねを隠し味として、独特の文学世界を創り出している。佐藤家の荒ぶる血の宿命と因縁を描いた大河長篇『血脈』（文春文庫）は、愛子さんのライフワークである。

〈17〉有吉佐和子・気性激しき〝才女〟

『家の光』の編集第二課長を務めていた昭和五十年前後、農業の患部に最も鋭いメスを入れていた作家は有吉佐和子さんだった。朝日新聞連載の「複合汚染」は、農薬と化学肥料の過度の投入が、いかに日本農業を重態の症状に追い込んでいるかを、精細な事例紹介を交えて克明に描破した話題作であった。

なんとか有吉さんを誌面に登場させたいと依頼に及んだが、小説は一年一作に決めており、エッセイも新潮社ほか数社に限定していて他は絶対に書かないことにしていますと、電話の向こうから容易ならざるガードの堅さがうかがい知れた。「だれが何と言おうと書きませんわよ」と、厳しい決意のほどが受話器からビリビリ伝わってくる。

いったん引き下がったものの、有吉さんが有機農業研究会に入会し、その伝手《つて》で山形、埼玉などの農家を取材しているという情報を聞き知って、同研究会の主催者である協同組合経営研究所の築地文太郎氏（元産経記者）に仲介の労をとっていただき、全中（全国農協中央会）宮脇朝男会長との対談が実現の運びとなった。こと有機農業に関しては築地氏の発言力は無類に強く、難攻不落の有吉さんも築地さんの声一つで、こちらの要請に応じてくれた。それに、農協界のドン宮脇会長なら相手にとって不足はないと有吉さんは考えてくださったようである。

その下打ち合わせのためM編集長と同行して杉並区堀之内のお宅を訪ねた。五一年の七月である。広い応接間に招じ入れられたが、なかなかお見えにならず十分間の余、待たされた。その間、M編集長も私も緊張感を鎮めるため無闇にタバコをふかした。おそらく濛々たる煙であったに違いない。やおら現れた有吉さんは私たちに挨拶する前に窓辺に寄り、ガラス戸を思い切り強く開けられた。ピシッ、ピシッと強烈な音が耳朶を打ち鼓膜に響いた。〈こりゃ、いかん〉と、M氏も私も、あわててタバコを灰皿にこすりつけて火をもみ消したものである。

気の強さという点では、あの佐藤愛子さんを上回る有吉さんの気迫に押され気味であった。それでも対談当日、ハイヤーで迎えに行ったときは、すこぶるつきの上機嫌で救われた思いがした。車中、セロリー栽培にはかなりの農薬が使われていることを私がつい口にすると「あんなに臭いの強い野菜にどうして虫がつくのですか」と訊ねられ、専門知識に乏しい当方がオタオタする場面もあった。農業に対する大変な勉強ぶりが早くもうかがえたが、紀尾井町の福田家での宮脇会長との対談でも、その精密な取材ぶりが話しの節々に滲み出ていた。

宮脇会長は開口一番「先生の小説を読ませていただいて、その感想の第一は、化学者がカメの甲なんぞを使って書いたものよりも非常に理解しやすいということです。それに農業関係者として自責の念を感じます」と、下手に出られた。対談は有吉さんが優位のうちに展開し、宮脇会長は腰を低くしてご意見拝聴のスタンスだった。有吉発言は冴え渡り、農業サイドへの提言としてきわめて示唆に富んでいた。「減反政策を打ち出すよりも、思いきった地力回復運動をやるべきです。化学肥料を有機質に切り替えれば減収になるという難問が残りますが、減反政策の代わりになるのですから一つの解答になりませんか」

「確かに日本人はお米を食べなくなっていますが、それは日本人の食生活に、パンとめん類を大いに奨励した栄養学者たちにも責任があります」

「タバコ栽培や施設園芸の消毒にクロールピクリンを使っているようですが、これはドイツが開発した毒ガスで毒性が非常に強い。あちらでは倉庫の防虫剤として使われているものを、日本では農薬に使っている。問題です」

といった調子でデータがきちんと整理されて頭に入っている強みが、鋭い説得力となっていた。受け身に回った宮脇会長が気の毒になるほどだった。さしものコンピュータつきブルドーザーも、細腕の閨秀作家の前に、タジタジの態であった。

有吉さんの母方の祖父が和歌山県の農政に一生をささげた人で、有吉さんも庭に菜園をつくり自ら「第三種兼業農家」と称していた。私も菜園に案内されていろいろ質問を受けたのには大弱りだった。男まさりの気性の激しさがほとばしる才女でありながら、おナスとかおキュウリとか、野菜の名に「お」の字をつけるあたりに〈ああ、やっぱり女性なんだな〉と感じ入り、ほのかに鼻孔をくすぐる高級香水にも女性を感じさせられた。

有吉さんは「才女と言われるのを厭がるほどの才女」と、佐藤春夫から評されていた。和歌山県海草郡木本村（現和歌山市）に生まれ、父が東京銀行に勤めて外国勤務が多く、有吉さんも少女時代はインドネシアのジャカルタで過ごしたという。東京女子大の学生だった頃から劇評家を志望し、卒業後、出版社に勤め吾妻徳穂の秘書にもなったが、「地唄」で芥川賞候補となり、一躍マスコミにおどり出て、曽野綾子と並ぶ〝才女時代〟の花形となる。ラジオ、テレビ、新劇、歌舞伎の演出などにも幅広く活躍した。「恍惚の人」は人間の老化現象を追求した野心作として知られる。〝呼び屋〟として凄腕を発揮した神彰氏との一粒種、有吉玉青さんもユニークな二代目作家として注目を浴びている。

〈18〉藤沢周平・ああ、よくぞ山伏の物語を！

私は三十九年前から八王子に住んでいる。私が、もし別の町に住居を定めていたら、この小説は世に出なかったであろうと思われる作品が一つある。それは藤沢周平氏に依頼して昭和五十二年一月号から連載した「春秋山伏記」である。

この小説は藤沢氏が羽黒山を望む、庄内平野の鶴岡市近郊に生まれ育っておられることに私が注目して「山伏を題材に」と、半ば強引に頼み込み、引き受けていただいた小説である。なぜ私が山伏にこだわったのか。私は昭和四十六年に八王子に転居して以来、歴史の古いこの町の伝統文化に魅せられ、わけても高尾山薬王院の山伏たちの修行ぶりに心を奪われてきた。三月には高尾山口で、八月には市営球場で繰り広げられる山伏の火渡り行は、真言密教の神秘性と森厳さを市民の目前に具現してくれる一大イベントである。私も毎年この催事に吸い寄せられて、修験僧や山伏による荘重な読経や護摩木を焚いての加持祈禱、神仏混淆の太刀さばきに固唾を呑んできた。その頃まだ幼児だった息子や娘らに寝物語をするときは、決まって高尾山の山伏を主人公にしたおどろおどろしい夜話を適当に創作して聞かせたものである。和歌森太郎氏の「山伏」（中公新書）も繰り返し愛読した。

そんなわけでM編集長からゴーサインをもらって東久留米の藤沢氏宅を訪れたときは、いささか熱っぽく〝山伏もの〟を懇請したものである。藤沢氏は八王子在住の一編集者がこれほど頼み込む話を無下に断るわけにもいくまいといった按配で、このテーマに応じてくださった。

物語は羽黒山麓に住む里山伏「大鷲坊」がいろいろな人助けをして村人たちに感謝される展開だったが、わけても後家さん助けに熱心で、身の上相談から身の下相談まで懇ろに応ずるところに特色があり、このあたりがいちばんの読ませどころでもあった。醜女の後家には張形を削り与える。

「あれのあんべえはどげだの？」

「おかげさんで、とってもぐあいがええ。本物だば、もっとええども」といったやりとりの背景には、江戸時代後期の村人の生活、哀歓がずっしりと横たわる。

藤沢氏はこの作品について後日談を書いておられる。

「ある出版社から、山伏を主人公にした小説をどうかと誘われたとき、私はすぐには返事が出来なかった。正直に言えば、はたと困惑したという格好だった。出版社がその話を持って来た理由は、はっきりしていた。私は山形県の西部海岸地方の出身で、そこには出羽三山と呼ばれる聖なる山城がある。その中の羽黒山は、古来、熊野、大峰とならび修験の山として知られている。私は子供のころから、朝な夕なにこれらの山をながめながら育ったし、大きくなってからは、これらの山に登りもした。とうぜん羽黒山伏についても、私はなにがしかの知識を持っているに違いないと、出版社では考えたらしかった。その見当はまったくはずれていたわけではない。その土地の人間として、ある程度は私も山伏を知っていたといえる。（略）子供心にも、その異形の装束のむこうに、常人のうかがい知ることが出来ない、ある神秘的なものが隠されている気配をかぎつけたのかも知れない。その隠されたものは、畏怖に値するものだった……」（「周平独言」中央公論社刊）

この「春秋山伏記」は家の光協会から単行本として刊行され、さらに新潮文庫に収められている。刊行当時は各紙誌の書評で採りあげられ『週刊ポスト』では三ページを割いてコメントと藤沢氏へのインタビューを掲載した。「共同体の暗部を視る者」というタイトルであった。農村を舞台にした時代小説としては稀有の作品という評価を受けた。

「山伏を主人公にしたのは？」という問いに対して藤沢氏は次のように答えておられる。「里山伏は、かつて村のインテリゲンチャの役割を果たしていた。寺子屋もやり医者もやる。人死にが出ると、最初にその家の汚れを清めたりして、山伏なしでは村の生活が成り立たない部分もあったんです。そういう存在なら、何かにつけて村人の相談相手にもなったろう。その角度から農村を描ければと思ったんですね」

いま書店で文庫本となっているこの作品の背表紙を見るたび、編集者になってよかった、八王子に住んでよかったという密やかな喜びに浸ることができる。『週刊ポスト』の記事の末尾にはこう記されていた。

「荘内の方言を頑固に守って書かれた、地味な力を備えた一冊である」

この作品は劇団わらび座によって演劇化が企画された。

のち私が『地上』の編集長当時、昭和五十八年六月号掲載の随筆を藤沢氏に書いていただいた。標題は「緑の大地」であった。その文の中で、氏は郷里山形県庄内地方への望郷心を吐露された。

「私は鶴岡市郊外の農村に生まれたので、文字どおり朝に夕に、初夏は緑に、秋は黄熟し、冬は黒い土に還る田園を見ながら育った。その平野のつきるところに、鳥海山、月山、また修験で知られる羽黒山、湯殿山をふくむ山脈が横たわっている」

「好条件にめぐまれた米作地帯である庄内地方も、近年は農業だけでは喰って行けなくなっているることは、ほかの地方と同様である。農業の行方はどうなるのかと、私はつねにそのことを心配しているけれども、兼業であれ何であれ、郷里の人びとがあの一望の緑の大地を捨てるなどということにはならないだろうこともわかってはいる。その粘り強さも、庄内人の天性である」

藤沢氏は「どうもお国自慢になってしまうが」と苦笑しながらも、庄内人の気質に密やかな誇りを抱いておられる。

「庄内人のこせつかない穏やかな性格」にも「山と河がほどよく釣りあった」庄内の風光にも並々ならぬ郷愁を抱かれていた。東京に住まれて四十年を経ても、「いまだに東京暮らしは仮の生活であるような感覚が抜け切れず、折りにふれて郷里の四季の移り変りを思いうかべ、喰べ物の味を思いうかべる癖がとれないのである」と胸中を明かされた。

平成四年十二月号の『家の光』に、藤沢氏は「心に残るふるさとの味」として「孟宗汁とニシン」と題するエッセーを寄せてくださった。孟宗のタケノコと生揚げで炊いた味噌汁と、卵をパンパンに抱いて脂ののったニシンの組み合わせを氏は今なお懐かしんでおられた。

藤沢氏は名作「土」の作者である長塚節の軌跡を「白き瓶」(文春文庫)に描かれ、吉川英治文学賞を受賞された。旅と歌作に短い生涯を捧げた長塚節の「病牀日記」の件りは、藤沢氏自身の闘病生活の体験が重なり合って、描写の筆致には、いっそうの迫真力が加わっていた。

藤沢氏は山形師範を卒業後、業界誌の記者をしていたが、「暗殺の年輪」で直木賞を受賞。主要な作品としては「蝉しぐれ」「三屋清左衛門残日録」「一茶」「隠し剣孤影抄」などがある。後に「海坂藩」に代表される庄内ものは藤沢文学の粋美と言われ、多くの読者に愛されている。私にとってまことに嬉しいことに「春秋山伏記」も、日本人の心の美しさを描いた人気作品の一つに位置付けられ、朝日ビジュアルシリーズ『藤沢周平の世界』の第二八号や『藤沢周平が愛した風景』（祥伝社黄金文庫）の中に収められている。編集者という職業を選択してよかった――と、つくづく感じさせられる藤沢作品である。

評論家の松本健一氏も『藤沢周平が愛した静謐《せいひつ》な日本』に「異人（まれびと）を通して村びとの民俗世界を物語る」作品であり、「藤沢周平が性をもふくめた村里の民俗世界での生きかたに精通していたことを示している」と「春秋山伏記」を高く評価されている。

藤沢氏は平成九年に逝去された。享年七十だった。

〈19〉田中澄江・女性離れした酒豪

田中澄江さんに初めてお会いしたのは、昭和五十年の初夏、国立久里浜養護学校に同行し、卒業式に立ち会って、重症身障児の生活ぶりとその父兄の万感の思いを取材するためだった。田中澄江さんにルポを依頼したのは、ご自身、身体の不自由なお子さんをお持ちで社会的弱者の福祉問題に強い関心と情熱をお持ちであったことによる。

施設での田中さんのひたむきな取材ぶりには心打たれた。院長先生へのインタビューでは、身を乗り出して和服の裾がはだけ湯文字がのぞいているのにも気づかれないほどだった。相手にたたみかけていく質問のテンポの小気味よさは、さすがに新聞記者出身だと思わせるものがあった。帰りに横浜駅に着いたとき、カメラマンと私にシュウマイを買って持たせてくださった。一見、磊落な感じのお人なのだが、内実は細かいところに気のつく優しさをお持ちのお人柄と察せられた。

五十一年の新年号からは連載随筆「ささやかな幸福を」をご執筆いただいた。私は担当デスクとして執筆依頼にうかがったり、労使の紛争中には原稿を受け取ったりゲラを届けに参上した。田中さんのお宅はJR中野駅北口の野方にあった。門から玄関まで野草が生い茂り、秋には萩が垂れて風情があったが夏場は蛇が出てきそうなくらいであった。

玄関を入ると西洋の騎士の甲冑が鈍色に光り、色調を凝らしたテーブルクロース、座布団つきの椅子が程よく配置されて、応接間はくつろいだ民芸調の雰囲気を醸していた。昼間でも日本酒やウイスキーがふるまわれることがあり、ほろ酔い加減で田中邸を辞したことも再三にとどまらない。ご自身、女性離れした酒豪で馬刺しを肴に豪快に痛飲される。

田中さんの山好きは有名で、「沈黙の山」（山と渓谷社）という名著がある。講演の依頼を受けたときも、近くに登れる山があるか否かが出講受諾の条件にすらなる。お会いするたびに、この間はあの山に登った、今度はこの山に登る、といった話をよく聞かされた。一度東北の山の道で迷い宿に帰るのが遅れて遭難騒ぎとなり、新聞ダネになったこともある。

田中さんの原稿は、右に左に添え書きの枝葉が伸びて、しかも際立ったスピードでの走り書きだけに元原稿としてはきわめて読み辛い部類である。ところが、いったん活字になると平易で読みやすく、女性ならではの細やかさや優しささえ行間に滲み出る。この随筆も、のち家の光協会から単行本となった。

田中さんのお供で金沢に行ったこともある。農協婦人部員に集まってもらっての誌面の内容研究会だった。北陸の冠婚葬祭がいかに物入りかという話題でもちきりだった。板橋の旧家にお育ちの田中さんですら仰天なさるほどの話だった。

帰りの車中では田中さんは女性週刊誌を買い込んで、読みふけっておられた。同じグリーン車に山口百恵が乗り込んでくると「百恵よ、百恵よ」と、はしゃがれて、潜んでいたミーハー精神を発揮されたのがほほえましかった。その昔、京都日日新聞で芸能欄を担当された頃の血が騒ぎ出したのかも知れない。

連載が完了すると、担当のH君と所管課長の私の家に、田中さんから結城紬の反物が贈り届けられたことも思い出に残る。

昭和五十九年、田中さんから俳優座劇場の公演「つづみの女」の招待券をいただいた。この芝居は近松門左衛門の「堀河波の鼓」を田中さんの視点でとらえ直した作品で、新劇と歌舞伎をつなぐ異色作として話題になった。鳥取藩士小倉彦九郎の妻おたねの姦通が主題で、おたねは夫の彦九郎にかばわれながらも自我を捨てきれずに自害する。その死は妻への心づかいの薄い夫への復讐のためというのが田中さんの解釈であった。妻の心のひだに潜む魔性がこの作品のテーマだった。おたね役は、岩崎かね子が熱演した。

田中さんは戦争中の昭和十九年、鳥取に疎開されている。ご夫君田中千禾夫氏がこの地の出身で、三人のお子さんをかかえ、夫君の両親と共に三年間住まわれた。久松山麓の武家屋敷町であったので、近所の妻女はすべて武家の奥方のような端正な所作であったらしい。この端正なものの正体を突きつめたいと考えているうち、小倉彦九郎の妻たねへの探究心が芽生え、それが「つづみの女」の創作モチーフとなったらしい。この間の事情は「ハマナデシコと妻たち」（講談社刊）に詳述されている。

この本は寺田屋騒動の首謀者田中河内介の伝記と田中さんご自身の人生歴とが綯い交ざった奇書で、サスペンスに満ちた小説である。

出版部編集長だった昭和五十四年、田中澄江さんには、連載エッセー「嫁姑けんかのすすめ」をお願いした。もちろん〝逆説〟的な意味で、中身は嫁姑仲直り法であり、〝戦争〟防止法であった。

田中さん自身、嫁いだ当初はお姑さんに苦労したらしい。尊敬し誇りとするまでには何年かを要したという。初めは、すごいセリフを聞かされたようだ。

「うちには、もっといい縁談があった」

「うちの親戚はみんな美人ばっかり」

「眼鏡をかけた嫁は、もらいとうなかった」

といった調子で心底参ったそうである。

姑の死後、二、三日して姑の衣類を片づけたとき、押入れの中に「すみえどのへ」と筆で書かれた、大きなボール箱が現れ、手製の腰紐が二十本もたたまれていたという。田中さんが知らぬうちに、半衿の古いのを利用して自分で絞り、自分で縫って、しまっておいてくれたものだった。〈おかあさん、何よりの形見をありがとうございました〉と、その紐をにぎりしめて、田中さんは号泣したそうである。

愛知県東知多農協での文化講演会にお供をしたとき、田中さんの講演を聞いて感動させられた。お姑さんの話で聴衆を爆笑させ、そして思いきり泣かせた。自由自在だった。

〈20〉楠本憲吉・洒脱無類の俳人

洒脱な俳人でエッセイストの楠本憲吉氏には座談会で二度ほどお世話になった。

最初は『家の光』昭和四十二年五月号の座談会「品定め日本の美女」だった。出席者は婦人科カメラマンの第一人者秋山庄太郎氏、漫画家の富永一朗氏ら〝その道〟の大家で、話が新珠三千代さんにさしかかると、それまで控えめだった楠本氏が俄然膝をのり出された。曰く――

「バーなんかで、あんまり他の女をほめると、ホステスたちは、どうせあたしはおかめよ、と言い出すんですが、新珠を出せば、絶対にそれは言いませんわ。無条件降伏です」と確信あふれる発言だった。「新珠は洋服は似合わない」と秋山氏が言うと楠本氏は「からだの線はどうですか」と具体的な質問を返す。秋山氏答えて「あの人のからだは想像がつかない。それがいいんです」

「なるほど」と楠本氏は、納得の意を表された。その頃日本テレビの「11PM」に出演していた祇園の舞妓、お孝はんこと安藤孝子をも楠本さんは強く推賞された。

「頭のいい人です。芸者の持っているいや味がない。よくカマトトだと言われているんですが、そうじゃない。ぼくが彼女の前で、どんな言葉を使ってもいいですかと聞いたら、どうぞと言う。例えば子宮でもいいんですかと言ったら、あら、コミヤはんでっかと……（笑）そういうセンスの良さを持っているんです」

酒を飲みながらの座談会なので、話題が盛り上がるにつれて、楠本氏は、こんなことも言われた。

「ぼくは、一人だけ寝てもいいといわれたら、森光子ですよ」。そして、〝結論〟として氏は「色気とは何かということですが、ぼくは、優しさとほほえみと若々しい清潔さ、これだと思うんです」と、この座談会をしめくくられた。

大阪・船場の料亭、灘万のご長男なので、この座談会をご縁に取材の会合場所としてしばらく築地の灘万を使わせていただくことにした。灘中学―慶応の友人に遠藤周作氏がいる。中学時代、両氏とも当時甲南高女の生徒だった佐藤愛子さんに憧れて、市電で乗り合わせ胸焦がすことが多かったという。

これは愛子さんから聞いた話だが、楠本氏は甲南高女生のセーラー服に神秘感を抱いておられ、雨の降った日に市電の中で、スカートのひだの間に何があるのか、洋傘の先でそっと開いてみたと頰を赤らめながら語ったという。

楠本氏は新しい感覚を持つ前衛俳句作家の一人で、気品のある顔立ちとさわやかなパフォーマンスで、女性ファンが多かった。そういう氏の類い稀なキャラクターを見込んで、男性用避妊具セールスレディの座談会の司会役をお願いしたこともある。『家の光』昭和四十九年十二月号だった。こういうきわどい話題の座談会でセールスレディたちから話を引き出す役柄は、女性にイヤらしい感じを与える人では務まらない。さりげなく語る、イヤ味のない人というのが条件で、楠本氏をおいて他に見当たらないのである。冒頭、氏は「あれは実に買いにくい。店に入っても若い娘さんが店番をしていると、つい他の物を買ってしまう」と切り出され、座の空気を和ませた。それで雰囲気がほぐれ氏の巧みな司会によって、いろいろな苦心談が引き出された。座談会の結びも秀逸だった。楠本氏はサラリとこう言われたものである。

「ではこれからもお元気で、有意義なお仕事を続けてください」

〈21〉石川達三・自由の濫用戒める

石川達三氏に『家の光』の対談に出ていただいたのは昭和五十一年九月号だった。タイトルは「これでよいのか日本人」。聞き手は十返肇氏の未亡人、十返千鶴子さんにお願いした。その下打ち合わせのため、真夏の昼下がり、M編集長と共に田園調布の邸宅に参上した。田園調布といえば、日本の上流階級の高級住宅地として目映ゆいばかりのステイタスシンボルになっている。事実、石川邸も広い敷地にどっしりとした佇まいを見せていた。瀟洒な応接間の窓から芝生の続く庭の向こうに緑豊かな植え込みが眺められた。〈ふーむ、これが田園調布の高級邸宅か〉と深い溜息がついて出たことを記憶している。

対談当日、石川氏は渋谷に所用があったらしく、待ち合わせ場所は東急文化会館横の千疋屋であった。ハイヤーにお乗せして紀尾井町の福田家に向かう途中、石川氏が私のような若輩者に対し表現の自由論をぶたれたのは意外というほかなかった。それも「野坂君たちは、けしからんよ」と、うめくような声で切り出されたのだった。唐突な思いで次の言葉を待った。

「彼らの軽率な自由の行使によって、われわれ文筆人の持つ自由の幅が狭められたのだからね。許せんよ」

石川氏の話は、当時野坂昭如氏の著作「四畳半襖の下張」が裁判にかけられ有罪の判決がくだったことを指していることがわかった。そして、その背景には昭和五十年六月、日本ペンクラブの会長に就任した石川氏が「言論・表現の自由には一歩も譲れない自由と、社会や国家の秩序と強調するために、ある程度譲歩できる自由とがある」と述べられた弁説に対して、川上宗薫、中村武志、三好徹といった中堅作家、さらには生島治郎、宮原昭夫ら新進の作家が猛烈に反発するというトラブルがあったことは、当時の記録の物語るとおりである。

これは文壇史に残る「二つの自由」論争で、石川氏が主張したかったのは「あまり自分勝手な自由の濫用をしてしまうと、逆に文筆人は損をすることになる。だから自由の行使については自ら手控えたほうがよい」ということである。

石川達三氏はそのことで頭がいっぱいらしく、十返さんとの対談が始まっても、この問題にこだわられた。

「今の若い人たちというのは、痛い思いをしていないんですね。だから自由なんて、どこにでも、いくらでもあると思い込んでいるんでしょうな」

「若い連中は、言論の自由が当たりまえのこととしています。無限に与えられているものだと思いがちです。トンボが飛び回っていてクモの巣にひっかかるのが、私には目に見えますね。なにしろ敵は強権を持っているのですからね」

「日本でも低俗な自由主義がはびこって、人間の持っている欲望を解放していいんだとか、享楽してもいいんだとかいう考えが強まっている。非常に悪いのが指導的文化人です。これが、低俗な自由の風潮を世の道理の如く説くんです。私は、あの指導的文化人というのはけしからんと思いますよ」といった言説が続くこの対談は、石川氏の思いのたけの吐露ではあったが、率直に言って大衆雑誌『家の光』向きではなかった。ただ一箇所「国家というものは無節操なんですね」と切り出されたのち、「農業でいえば、米を増産するといって八郎潟を全部埋め立てておいて、今度は植えるなと言う」と、農業関連の発言をされたのが救いであった。

「とにかく大物を誌面に出そう」というM編集長の方針に沿って、石川氏の登場を仰いだのだが、そしてこの月号のトップ記事としたのだが、本誌の読者一般にとっては迂遠な話題であったことは否めない。

しかし石川氏が第一回芥川賞を受賞された「蒼氓《そうぼう》」は〝移民は棄民〟といわれた時代のブラジル移民を書いたもので、移民船「ら・ぷらた丸」で渡伯し、サン・アントニオ農場で実地に農業移民の苦闘ぶりを取材した作品だけに、のちの「日蔭の村」と共に、石川氏が〝農を描く作家〟としての側面を示された小説である。

〈22〉池波正太郎・下町情趣と食へのこだわり

時代小説の第一人者、池波正太郎氏に対談に出ていただいたことがある。『家の光』五十二年六月号の「食いしんぼう対談」、いまでいうところのグルメ対談である。お相手は映画評論家でエッセイストの荻昌弘氏であった。対談の会場も、この対談に相応しい店であった。銀座四丁目の〝レ・カン〟という超高級フランス料理店であった。会場をこの店に予約するよう指示されたのが池波氏だった。さすがに三度三度の食事に〝一期一会〟の信念をこめて、親の仇を討つように入念に立ち向かう氏らしいご指示だった。当時ですら、一人一万五千円からスタートの天井知らずという曰くつきの店で、取材費の起案もたっぷり計上せざるを得なかった。お相伴にあずかった担当課長の私は、生まれて初めてこの店でシェリーという美酒を味わった。

対談は幼い頃の〝味〟の話から始まった。買い食いの話になると、池波氏は、

「まあ下町ですからね。おでんの屋台はくる。ドンドン焼きがくるしね。ドンドン焼きなんてのは、今のお好み焼きとは全然違います。今のように、なんでもかんでもメリケン粉の中へ混ぜ込

んで焼き上げるというようなもんじゃないんです。牛のひき肉や切りイカ、干しエビ、揚げ玉など、いろんなメニューがありました。不景気のために洋食屋さんから転向したドンドン焼き屋さんなんてえのは、うまかったですよ。焼きそばでも、普通はただソースでやるんだけれど、その前にスープでいためたりしてね……」

と、とめどがない。父親が日本橋の綿糸問屋の通い番頭、母親が浅草馬道のかざり職人の娘、ちゃきちゃきの下町っ子だけあって歯切れの良さは極め付けである。

「ぼくは二銭とか五銭とか、日々小遣いをもらっても、めったに駄菓子屋では買わなかった。そういうのを貯めといて上野の松坂屋の食堂へ行って、一円二十銭くらいのステーキを独りで食べた。（笑）」まさに三ツ子の魂何とやらである。

池波氏は途中で俄然、農政批判に転じられた。

「トマトを食べてもトマトの味がしない。ハクサイの味がしない。これは、どうしようもないことですね。そりゃ、昔のような味のものをぼくらも当然食べたいわけですよ。だけど、日本の農政っていうのは明治以来、政治のなかでいちばん遅れていますからね。いちばん下手なんですよ、日本は。この間までの高度成長時代に、政府が農業っていうことに、投げ遣りな態度をとってきたために、作る人がますます減ってきているし、農耕地も減ってきてしまった。わたしどもは、うまいものを食いたいけれど、そうかといって農村を責めることはできない」

池波氏のこの話からヒントを得て、対談のタイトルは「昔の味よ、どこ行った？」とした。当時のヒットソングの文句の語呂合わせでもあった。荻氏が、池波氏の「食日記」について訊ねると、よく聞いてくれたとばかりに、池波氏がすこぶる上機嫌となった。

「もう十年くらい書き続けています。あれは必要性に迫られて、つけているわけですよ。家内が〝今晩、何しましょう〟と言うときに、三月なら三月のところをずーっと見れば、うまかったものには丸がついているので、家内は全然困らない」

「結局、女は自分が作ったものを忘れちゃうんですよ。で、そういう風に食日記を書いておけば、思い出せるんですよ。それにまた、例えば今日、レ・カンで荻氏と食事をしたということも記しておくと、それだけのことで、その日にあったことが全部思い出せるんです」

池波氏が『地上』に「幕末新選組」を執筆されたのは昭和三十八年のことである。池波氏の幼少年時代のグルメ談義は「食卓の情景」（朝日新聞社刊）に詳述されている。

池波正太郎氏は浅草聖天町の生まれで、家庭の事情により小学校を出ただけで株屋に奉公に出され、兜町でメシを食った。戦後十年ほど都庁に勤めたが、長谷川伸に師事して新国劇の脚本書きに打ち込む。そして、隠密の悲惨な末路を描いた「錯乱」で直木賞。完全な下町的環境に育った境遇を活かして書いた「鬼平犯科帳」が多数の読者を集める。主人公・火付盗賊改方、長谷川平蔵の動きは、世話物的な味わいに満ち、下町の情趣を巧みに染め上げた作品だった。

〈23〉吉村昭・津村節子 苦楽を共に〝ふたり旅〟

昭和四十年代から五十年代にかけて、労働組合は外勤拒否という戦術を採っていたので、役付きで非組合員の私は担当者の代わりに作家のお宅を訪問する機会をしばしば与えられた。『地上』に「蜜蜂乱舞」を連載されていた吉村昭氏を訪ね原稿をいただいたのも春闘の真っ最中だった。深夜に井の頭公園裏のお宅を訪問したところでダイニングキッチンに招じ入れられ、氏はウイスキーの水割りと即席のサラダをふるまってくださった。夜更けなので、小声で吉村氏は養蜂家の日本列島縦断の苦労話や今後のストーリーの展開について語られた。夫人（津村節子さん）も作家とあって、互いに厳しい批評をやりあったら傷つくばかり、伴侶の作品は相互に読まないことにしていると苦笑交じりに話された。「蜜蜂乱舞」は花を追って日本列島を北上する養蜂業者の一家と、雄大にして精妙な自然界の摂理を描いた作品で、新潮文庫に収められている。

芥川賞の津村節子さんには昭和五十三年一月号から連載小説「春の予感」を執筆していただいた。津村さんと強いコネクションを持っていたのは、元編集長のM氏であった。

津村さんの出世作の一つに「海鳴」という作品がある。佐渡の相川金山の水搔い人夫と遊女の悲話を描いた力作である。M氏は四十三年の十二月号掲載のルポ取材のため、津村さんに同行してこの相川を訪ねている。「金山と寺の町相川」というタイトルの〝旅もの〟で、以来M氏は、いつか津村さんの連載小説を『家の光』に、と考えておられた。

そこで、五十一年頃からM氏はたびたび井の頭公園裏の津村さん宅を訪問し、その都度、担当課長の私も同行した。津村さんのご夫君が吉村昭氏なので、私も『地上』編集部時代から何度かこのお宅に参上している。

その頃、藤沢周平氏の「春秋山伏記」が連載中だったので、そのあとにぜひお願いしますと頼み込み、快諾を得たのだった。題材は当時農村社会で大きな話題となっていた青年たちの都会への就職問題と、郷里へのUターン現象とを採りあげていただくよう依頼し、これまた了承してもらった。

「よいでしょう。おもしろいテーマですね。女の主人公は高校を出て東京の薬局勤め。その恋人はUターンして郷里で焼き物の修業、というプロットにしたいですね」と、津村さんは乗り気をみせてくださった。

「郷里の町の設定は津和野にしましょう」と津村さんから、すぐさま提案があった。折から都会のOLたちが訪れたがる第一番の街として〝津和野ブーム〟が巻き起こる走りの頃であった。津村さんは無類の焼き物好きである。もともと職人の探訪ものを得意とされ、わけても民窯を訪れて陶工に会われるのがお好きで、おびただしく窯のある島根県には深い関心をお持ちである。島根には出雲焼、石見焼があり津和野に近い益田には雪舟窯もある。小説の主人公蕗子の恋人、圭太は石見焼の窯元、吉田窯で修業の身という物語の設定となった。

津村さんの郷里、福井県にも越前古窯があり、古越前の美しさに魅せられてこられたお方だけに、焼き物への造詣は尋常一様ではない。旅先でも各地で皿小鉢、刺身皿、盃、徳利などを買い求められ、陶器類をどっさり持っておられる。焼き物のエッセイを集められた「土と炎の里」(中公文庫)を読むと、津村さんの並々ならぬ傾倒ぶりに驚嘆させられる。

津村さん宅を訪ねたのは昭和五十一年の秋であった。黒いプリーツスカートの上に津村さんはエンジがかった花模様のブラウスを着ておられた。雪国育ちで肌の白い津村さんにはぴたりと決まった秋の装いであった。

連載開始に先立って津村さんには、挿し絵の松田穰画伯と共に津和野へ取材旅行に出かけていただいた。担当のT君がお供をした。

この旅行は大変収穫が多かったようで、作品の中には津和野の風物が要所要所に織り込まれて、臨場感を盛り上げていた。松田画伯はヒロインの蕗子を顔と眼の円らな愛らしい娘に描き、読者が抱く好感度を一層高めることになった。

津村さんは福井市の織物商の家に生まれ、小学校四年のとき東京に移り、女学校を卒業されると、戦後すぐ、目黒の焼け跡に建ったドレスメーカー女学院に入学され洋裁の技術を身につけられた。さらに学習院短大に進まれ、学習院の文芸誌サークルの先輩であった吉村氏と知り合い、のち一緒になられた。

文壇のおしどり夫婦といわれるお二人が作家としてこの世に出られる前、メリヤスをかついで石巻から北海道まで二人連れで行商に歩かれたことがある。文学への執念を燃やしながら、生活の重みと闘われたご夫妻の哀歓の日々は、自伝的長編「重い歳月」（新潮文庫）に描かれている。「妻はたしかに小説を書くが、その前に完璧な女房です」と吉村氏が語る津村さんは、毒舌の文芸評論家からは「中性化した女性作家の少なくない中では珍しく女らしい」という賞められ方をしている。

この「春の予感」は津和野に生まれ育った少女が東京で就職し、次第に大人へと開花していくプロセスを細やかな筆致で描きあげたロマンで、文藝春秋から単行本で出され、今は文春文庫に収められている。津和野の祇園祭の神事、鷺舞を描写した終章の場面が、とりわけ心に残る。

吉村昭氏は東京・荒川区日暮里の生まれ。開成中学から学習院高等科を経て入学国文科時代、津村節子さんと知り合い結婚。「星への旅」で太宰治賞を受け、「戦艦武蔵」で一躍注目を浴びる。「長英逃亡」「桜田門外ノ変」「大狗争乱」「大黒屋光太夫」「彰義隊」などの歴史小説は丹念な描写で読者を魅了した。平成十八年七月末、入院中に自らの意志でカテーテルや点滴の針を抜き、自死された。日暮里のサニーホールで開かれたお別れ会で、津村さんから、この看取りの状況をお聞きし、参列した編集者一同は吉村氏の研ぎ澄まされた美学に息をのんだ。

津村さんの自伝的作品「茜色の戦記」「星祭りの町」「瑠璃色の石」は、戦後の清々しい青春を甦らせて読む人の胸を打つ。佐渡金山の悲劇を書いた「海鳴」、女たちの会津戦争を描いた「流星雨」などの歴史小説も力の篭った作品だ。

〈24〉竹内てるよ・風雪に耐えた生活詩人

山梨県大月市在住の女流詩人、竹内てるよさんは家の光協会の編集主幹であった桜井弘氏に懇請されて、戦後間もなく『家の光』の読者投稿詩欄の選者となり、約二十年間、おびただしい数の農民詩を選考されてきた。その竹内さんの目にとまった秀作を「生活詩集・わたしの花束」にまとめてみようと、桜井氏は企画されたのだった。

この本の巻末には編者である竹内てるよさんが「その時あなたは詩人です――生活詩の鑑賞とつくり方」という短文を書かれている。その短文のしめくくりがおのずから「詩」のスタイルになっていた。こんな具合である。

詩は　人間の生きがいです
詩は　生活との対決です
詩は　新しい幸せを見つけさせます
詩は　永遠の愛情から生まれます

『家の光』編集部の駆け出し記者は、まず詩・短歌・俳句・川柳欄を担当させられる。ほかならぬ私も新人当時はこれらの欄を担当させられた。毎月竹内さん宅に応募原稿を小包で郵送し、やがてお使いさんの手によって届けられる入選原稿と竹内さんの寸評を原稿用紙に転写し入稿するという手順であった。

その竹内てるよさんに上京していただいて中村メイコさんと対談してもらったのが昭和五十二年の夏だった。メイコさんは戦後間もなくの頃、少女雑誌『ひまわり』の読者で詩の欄に投稿しては入選する常連の一人だった。この欄の選者が竹内てるよさんという間柄である。この師弟対談の場所は九段坂上の料亭〝綾〟だった。

蒸し暑い日の昼下がり、ノースリーブのドレスで現れたメイコさんは、竹内さんに会うや否や「まあ先生、お体のほうはいかがですか」と、まず健康状態を気づかった。その声は持病の脊椎カリエスと心臓病をかかえられた病弱の竹内さんへのいたわりに溢れていた。

話題は、なんといっても『ひまわり』時代に遡る。

「あなたの詩はね、とっても個性的でおもしろくって。いつも新しい表現方法があったわよ」

と師匠が言えば、お弟子さんは、

「ウヘー、ダメダメ。わたしの詩は口語体もいいところですよね。すると先生は〝メイコちゃん、あなたの書くものは、ほんとうに楽しいのね〟って口語体で書いてくださるの。その選評がとっても嬉しくって、先生の温かい体温に触れたような気がして〝ようし、また書くゾ〟という気になるのね」と、少女時代に返ったような甘え声たっぷり。

竹内さんは、そのころの〝入選三羽烏〟をたいへん懐かしがられた。メイコさんと、いまの皇后正田美智子さん、版画家の棟方志功のお嬢さんの三人が入選の常連だったという。

「ああ懐かしいわあ。あの三羽烏！　正田美智子さんは字も内容も理知的で、あなたと比べると、それはずっと客観的な詩でしたよ。作品自体がやっぱり礼儀正しいというか、品格があって――。棟方さんのお嬢さんはとてもにぎやかな詩で、絵の具箱をひっくり返したような鮮やかな色彩。それぞれ、あのころのあなた方の個性と歴史があった。だからわたし、ああ、日本は戦争に負けて何もかも失ったけれど、瓦礫の下の土を、かわいい指先で一所懸命掘っている人がいるんだなあと、フッと涙がこぼれたことがあったわ」

と、昔を思い返す竹内さんの瞳にも濡れて光るものが認められた。

竹内さんは、想像を絶するような不幸を一身に背負われてこられた。母は札幌の花街の芸妓さんで十八歳のとき判事の子息との間にてるよさんを生んだ。その子息とは一緒になれず、十九の春に母は氷雪冷たい石狩川に身を投げた。竹内さんは幼い頃から病弱で二十歳のとき結婚、一児を得たがご自身結核に倒れ二十五歳で離婚された。

その一粒種の長男は里子に出されることになったが、「いっそこの子を殺して自分も死のう」

と子の首に手をかけると、その子がニッコリ笑ったので、あどけない笑顔を見て思いとどまったという悲痛な体験をなさっている。しかもそれだけでは済まず、別れたその子は道を踏みはずして傷害罪を犯し、再会は名古屋の拘置所の鉄格子越し、そして出所後はガンで死別という悲惨さである。通り一遍の悲劇ではない。これでもか、これでもかと風雪に叩きつけられ続けた半生である。

家の光編集長から出版部長になったM氏は、この竹内さんに自叙伝の執筆を依頼した。昭和五十二年に家の光協会から刊行された「海のオルゴール」がそれである。この本は市販で評判を呼び版を重ねた。さらに東京12チャンネル（現在のテレビ東京）でドラマ化されて話題となった。竹内さんの役は、藤田弓子が演じたものである。

〈25〉丹羽文雄・素顔の文壇大御所

昭和五十三年一月号から、文壇の重鎮、丹羽文雄氏に連載随筆「わたしの体験」を執筆していただいた。丹羽氏はすでに『家の光』に四十五年一月号から四十六年十二月号まで、連載小説「太陽蝶」を書いておられたのでコンタクトは容易であった。この大物作家に登場願うについては私の前任課長のＩ氏と担当者Ｈ君の並々ならぬ努力の積み重ねがあったことを忘れるわけにはいかない。昭和四十三、四年頃、女優の望月優子さんを聞き手とする「お茶の間訪問」という連載対談があった。二年ほど続いた対談の真打ちということでＨ君が望月優子さんを丹羽さん宅に訪問させる企画に成功。これが機縁となって「太陽蝶」の執筆承諾に漕ぎつけたという苦心談がある。

そういうレールが敷かれていたので五十二年の初秋、Ｏ編集長と共に三鷹北山（武蔵野市）の丹羽邸を訪れ、連載随筆の執筆を依頼したときは、すぐさま快諾を得た。

丹羽邸は門構えも玄関も堂々として風格がある。玄関を上がって右側にある応接間も広々としていて、部屋の内側には十数名が座れるほどのソファが連なっていた。

〈なるほど、これが、かの〝丹羽学校〟の教室なのか〉と感じ入ったものである。

その昔「十日会」という丹羽氏を中心とする会があって、この会の「下士官」といわれた小田仁二郎に連れられて当時の無名作家、瀬戸内晴美さんが〝丹羽学校〟に出入りするようになる。そしていつしか小田仁二郎と瀬戸内さんは深い仲になる。瀬戸内さんの自伝的小説「いずこより」、出世作の一つ「夏の終り」に、その間の経緯が述べられていることを思い出した。吉村昭氏、津村節子さんご夫婦も〝丹羽学校〟の優等生で、このお邸には足繁く出入りされていた。

丹羽氏はさすがに文壇の巨匠らしく悠揚迫らぬ風格を漂わせておられた。「青麦」「菩提樹」「一路」といった、氏の浄土真宗ものを読み続けていた私は、宗教と人間の業との対決という、氏が執拗に追及された主題の舞台裏に、この連載随筆を通じて導かれる思いがした。

丹羽氏は四日市にある浄土真宗一身田高田派の末寺、崇願寺の住職丹羽開教の長男として生まれた。小学生の頃、生母が家出をした。養子として寺に入った父が生母の母と密通し、生母はそういう境遇に耐えられなくなったのだった。氏は継母に育てられたが家庭になじめず、寺を継がずに、早稲田に入学された。大学生のとき、美しい生母に巡り会う。こうした原体験が丹羽文学の骨格を形づくった。昭和六十三年に出された「ひと我を非情の作家と呼ぶ」（光文社文庫）は、そうした氏の告白の書で、アンモラルな小説を書き続けたのちに、氏の根っこにある浄土真宗の血に呼び醒まされて、「親鸞」「蓮如」といった高僧の足跡をたどることになる経緯が詳述されている。自らを煩悩具足の凡夫であると突き放し悪人正機、悪人成仏の境地から氏は人間の救い難い欲望の実相を書き続けておられる。

丹羽氏は四日市高校の前身、三重県立富田中学の卒業生である。それで野球の話題をこちらから出したことがあった。「先生の母校は昭和三十年の夏の甲子園大会で優勝されましたね。あのときはお喜びだったでしょう」と水を向けたら、「へえッ、そんなことがあったかね」と言われたのには、こちらが驚いた。「ぼくから、文学を除いたらゴルフが残るだけ。ゴルフを抜いたら文学が残る」と冗談ぽく言われる氏は、たしかに野球については興味をお持ちでなかった。

丹羽氏の原稿の字の読み辛さは文壇でも一、二を争うと言われているが、そのとおり本当に判読に苦しんだ。大手の印刷所には「お丹羽番」と称する文選工がいたくらいで、よほど習熟した人でないと読みこなせなかった。私の体験では原稿の読み辛さでは丹羽氏、水上勉氏、田中澄江さんのお三方に指を屈する。

丹羽氏が『家の光』に連載執筆された「わたしの体験」は、「をりふしの風景」（学芸書林刊）の中に収められている。

丹羽氏は昭和五十二年に文化勲章を受賞したが、晩年は認知症を患い、平成十七年に逝去された。享年百一歳という長寿であった。

〈26〉松本清張・不屈と反骨の巨峰

作家の方々と年に二回、ご一緒できるパーティがある。文芸家協会や日本ペンクラブの主催による懇親パーティで各誌の編集者も招待を受ける。

平成元年十一月に開かれた日本ペンクラブのパーティでは、会長の大岡信氏が「PENの日」の由来を次のように説明された。

「PENのPは、ポーエト（詩人）とプレイライト（劇作家）、Eはエッセイスト（随筆家）とエディター（編集者）、Nはノベリスト（小説家）の頭文字をとったものです。この五者が交流し合うところに日本ペンクラブの特色があるのです」

これらの懇親パーティは、以前は九段下のホテル・グランドパレスや芝の東京プリンスホテルが会場にあてられていたが、このところ丸の内の東京会館で開催されている。

なかなかに華やいだ立食形式の酒宴で、松本清張、新田次郎、村上元三といった方々には、このパーティでご挨拶をし、謦咳に接した。清張氏は昭和三十二年頃『地上』に「乱雲」という戦国時代小説を連載執筆された。すでに「或る小倉日記伝」で芥川賞を受賞された後であったが、「点と線」のヒットで売れっ子になる前の時代だったので、大家族を抱えて暮らし向きはお楽でなかったらしく、月々の稿料を送金到着まで待ちきれず、家の光協会の経理の窓口へ受け取りに来られていた。この話は、協会の中では伝説化している。

文壇のパーティには、いまはコンパニオンが〝出陣〟しているが、かつてはラ・モール、眉、姫、葡萄屋といった銀座の一流のクラブのホステスが妍を競っていた。文芸評論家の尾崎秀樹の周りには、いつも美女が群れていて、ひときわ目立っていた。文壇の美男子は「一に吉行、二に三浦（哲郎）、三四がなくて五に尾崎」と言われたくらいで、〝ご三家〟の一角、尾崎秀樹氏は長髪に和服が似合い、相当な男振りであった。しかも尾崎氏の場合、派手な金茶色の袷を召されることもあって、その艶やかな光沢が白足袋とマッチして、男の色気といったものを醸していた。〈あれでは、ホステスが放っておくはずがない〉と、やっかみ半分の納得をしたくらいである。

その尾崎氏と歴史家の樋口清之氏（当事国学院大学教授）とに対談をお願いしたことがあった。昭和五十二年二月号掲載の「日本人は雑種である」という対談であった。対談後の懇親会のとき、樋口教授が松本清張氏のことを話題にされた。なかなかの昵懇の間柄であることが察せられた。「松本というのは妙な男で、若いときから、ぼくに妙になつくんだよ。歴史への好奇心が強い男で、実にしつこく聞いてくるんだ」などと、樋口氏は辟易したような口ぶりだったが、いや、どうして、ご両人は実に呼吸の合ったコンビであるらしかった。それが証拠にお二人の共著に「京都の旅」「東京の旅」（カッパブックス）という名著があり、ロングセラーとなっている。

松本清張さんは樋口氏の学者としての独創的な見解に深い敬意を払っておられるし、樋口氏も「清張文学の舞台は全国の津々浦々に及んでいるが、その土台の地理的記述の正確さ、歴史に関する考察の深さに専門家も舌を巻く」と絶賛しておられる（『京都の旅』第一集）。「私は松本氏を私の人生の中でふたたび遭えない大切な人として、いろんな点で師表と仰いでいる」（同書）というのが樋口氏の清張氏に対する評価である。

推理小説・歴史小説の分野で、戦後文壇に大きな足跡を残した松本清張氏は、貧しい家庭で育ち、深い学歴コンプレックスなどの〝伝説〟で知られるが、権威・権力への憎悪と反発が、清張文学の強いモチーフともなっていた。

特に三島由紀夫への憎しみには、すさまじいものがあった。清張に批判的な三島の一言で、中央公論社の全集「日本の文学」から清張作品が外されたことを清張さんは激怒していたという。それで、昭和四十五年十一月二十五日、三島が自衛隊本部に突入して自死した時、清張さんは「それ見たことか。あいつのやりそうなことだ。三島は小説が書けなくなったから自殺したんだ」と、積もる憤怒を爆発させたと、私も編集者仲間から耳にしたことがある。

私の学生時代の畏友日高節夫君の従妹に、藤井康栄さん、宮田毬栄さんの姉妹がいる。詩人大木惇夫のご息女で、康栄さんは文芸春秋の編集者として清張氏を担当し、大作「昭和史発掘」の連載を手がけた。また妹の毬栄さんは中央公論社の編集者として清張さんの「黒い福音」なども担当している。文壇史上の奇縁と言えるが、康栄さんの著作『松本清張の残像』、毬栄さんの著作『追憶の作家たち』（いずれも文書新書）からも、清張氏の反骨と執念の作家魂が、細やかな臨場感をもって伝わってくる。

清張さんの短編に「断碑」という作品がある。学歴もなく不遇な考古学者、森本六爾が主人公で、没後弥生文化の発見者として高く評価されるのだが、生前はアカデミズムから受容されなかった。この森本六爾の夫人は、東京女高師（いまのお茶の水女子大）の理科家事科の出身で、私の亡母と同級生だった。幼少時、母のアルバムからその事を聞いていたが、この夫妻が清張氏により作品化されて、〈ああ、この人たちの物語なのだ！〉と、私の胸にも迫るものがあった。松本清張氏は、まさに戦後の日本文学を代表する不屈と反権力の巨峰であった。

〈27〉秋田實・上方漫才の〝製造元〟

三十余年に及ぶ編集生活のなかで九十人余の「文士」先生にお会いしているが、漫才作家はお一人だけ。秋田實氏である。

昭和五十二年二月号掲載の「郷土再見・大阪府の巻」の取材で、大阪のお笑いの〝製造元〟を訪ねようという企画をたて、東住吉区西田辺の秋田邸に参上したのは五十一年の十一月だった。

応接間を兼ねた書斎に招じ入れられると、書棚には東西の古典がぎっしりと並んでいた。圧倒されるほどの書籍の山であった。旧制大阪高校から東大支那哲学科に学んだ秋田氏は、深い学殖の土壌の上に「漫才」という形式を伴った「笑いの王国」を築きあげられたのだった。

「大阪の人間が二人寄れば漫才になるとよく言われますが、それは逆やと思います。大阪の人間が二人寄ったときの面白さを、漫才の方が映し出しているのです。立ち話の面白みですな」というのが、作家としての秋田氏のスタンスであるらしかった。

穏やかな笑みをたたえながら、静かな物腰で秋田氏は関西の笑いの本質を「商は笑なり」と定義づけられた。

「笑いによってスムーズに商いを進めていこうというのが、大阪商人の生活の知恵なんです。すくなくとも相手を不愉快にせんような言葉で商売をする。これは、相手の身になって考えることで、大阪に共通した気風です」

半世紀にわたって漫才を作り続けてこられた、この人ならではの至言と感じとれた。関東のように「馬鹿野郎」と言ったのではギスギスして角が立つ。「アホちゃうか」と言えば、ほんわかとして円みが出る。

大阪言葉には間接話法が多い、と秋田氏は言われた。「儲かりまっか」は日常の挨拶言葉だが「ボチボチでんね」「あきまへんな」が普通の返事。間接話法に凝る人は「女のふんどしや」と答える。その「心」は「くい込む一方や」である。はばかりへゆくのは「高野山へ参る」という。高野山は真言密教の大本山であり坊さんが修行している、高野山―僧侶―剃髪―カミ落とすの洒落だと、秋田さんが解説してくださった。大学教授風のレクチャーであったが、眼鏡の奥の瞳には春の風のようなおおどかさが認められた。

秋田氏は幼い頃から寄席通いをされており、学生時代にエンタツ・アチャコ用の脚本を書いたところ大阪朝日新聞に掲載されて、それがきっかけでプロ作家になったのだと言われた。吉本興業の漫才学校の〝教師〟となり、教え子にミヤコ蝶々、南都雄二、夢路いとし、喜味こいし、秋田Aスケ、Bスケなどがいる。『家の光』が農村向けの雑誌であることを氏は、よく承知しておられた。

秋田氏の今宮中学時代の一年上に藤沢恒夫氏、旧制大阪高校の同級生に劇作家の長沖一氏がいる。長沖氏は「夫婦善哉」の作者として知られる。秋田氏は東大時代「新人会」の一員として学生運動に挺身、服部之総氏や大宅壮一氏とも交友があったというから、氏の「笑い」の深奥部には権威を嘲笑する抵抗の精神が脈打っていたのではないだろうかと察せられる。

〈28〉田中小実昌・風狂洒脱の人

昭和五十三年の『家の光』四月号ではプロ野球のシーズン開幕に合わせて「熱烈ファン座談会」を開催した。出席者は田中小実昌、寺内大吉の二人の作家と落語家の林家三平師匠で会場は丸の内ホテルだった。寺内氏と三平師匠は巨人ファン、田中氏は阪神ファンであった。

田中小実昌氏はトレードマーク半月型のベレー帽をかぶりショルダーバッグをぶらさげて飄然と部屋に入ってこられた。飲み物はジンを好まれ、ジンのオンザロックを何杯も重ねられた。坊主頭の小実昌氏がジンをあおるサマは「僧侶のジンロック」という言葉を連想させた。いろは加留多の「総領の甚六」をもじった言葉で、落語家の古今亭志ん朝が私の取材にアドリブで答えた「世相いろはがるた」の名台詞であった。

小実昌氏は酔うほどに「ヒイッ」とか「フウッ」とか空気の漏れるような奇声を発する。まさに〝父っちゃん坊や〟の趣きである。

小実昌氏は広島県呉市の出身。「コミさん」の愛称で知られ、旧制福岡高校を出て東大文学部を中退したあとストリップ一座の脚本家兼コメディアンとなり、ヌード嬢たちにずいぶん可愛がられたらしい。歳をとっても〝坊やっぽさ〟を失わないので「コミさん、可愛いわ」と母性愛を刺激してしまうのである。氏の「不純異性交遊録」（三笠書房）には、中学時代の覗きの経験が記されている。市役所のトイレは下に水が流れていて、それが水鏡の機能を果たしていた。隣に入った女性の〝一部始終〟がその水鏡に写るのだが、なかに、いったん出かかったオシッコをとめてお尻をかいた女の子がいたらしい。外に出て顔を見ると市役所の女子職員だった。それが〝すまし顔〟なので、おませな小実昌少年は「まだ、お尻かゆいの？」とあやうく聞きそうになる――といった調子の、抱腹絶倒の体験記なのだが、いやらしさがない。ある種の〝人徳〟のためだろう。

新宿ゴールデン街の「主」だけに、数多の「コミさん伝説」がある。そのなかで傑作なのは、カウンターで飲んでいて右側の女性を口説きながら左側の女性とキスをした、という話である。できすぎた話だが、さもありなんとも思う。

日劇地下の喫茶店でお会いしたときは、当時早稲田に通っていた娘さんのことに目を細めておられた。「ジャジャ馬の娘でね。困ったもんだよ」などとボヤいてみせても、万更ではなさそうだった。昭和五十四年に「浪曲師朝日丸の話」他で直木賞を受賞したこの異色の作家は、微笑ましい話題を存分にふりまいて、飄々と世を去られた。

〈29〉永六輔・日本文化の頼もしい守り手

詩人であり放送作家でありエッセイストでもある永六輔氏は、一方では小説も書かれており、文字通り八面六臂の活躍をされている。

『家の光』昭和五十二年二月号の巻頭言「わたしの提言」への執筆を永さんに依頼したところ「尺貫法の復活を」という短文が寄せられた。そのころ永さんは尺貫法の禁止に反対して、鯨尺・曲尺《かねじゃく》を売り歩いて全国行脚する運動に熱心に取り組んでおられた。その入れ込みようは半端なものではなかった。

「家の光読者の皆さんに特にお願いがあります」という書き出しであった。

「皆さんは私達の国で曲尺や鯨尺という物差しを作ったり売ったりして逮捕されている人達のことをご存知でしょうか」と、永さんの一文は読者に問いかけるものだった。

「おかしいな、妙だなと思いませんか。僕はメートル法で育った人間ですが、尺貫法を併用して下さいと運動しているのです」

熱っぽい永さんの呼びかけに共感する人は意外に多く、この運動はかなりの成功を収めたといってよい。

『家の光』の昭和五十三年三月号で、永さんと淡谷のり子さんの対談を催したときも、話の出だしは尺貫法の話題であった。会場は皇居前のパレスホテルで、先に着いた永さんは淡谷さんが入ってくると長身を折り曲げて小柄な淡谷さんの肩に手を添え、いたわるように出迎えた。「物差を売って歩いたんですが、歌をうたうとよく売れるんですね。歌ってのは、演説するより反応がある。歌手ってのは、たいへんな職業なんですね」と永さん。わが意を得たように淡谷さんはほほえんで、「あたし、尺貫法大賛成。陰ながら拍手を送ってたんですよ」とエールの交換。お二人の息がぴったりの対談となった。

ご両人は「演歌ぎらい」という点でも共通していた。

「淡谷さんは演歌が大っきらいでしょ?」

「大っきらいです。死ぬほどきらい(笑)」

「演歌ってのは、割り切れないドロドロした感情でもって歌が成り立っている。自分をみじめにしていく」と永さんが言えば、

「演歌は貧乏くさいから、きらいなんですよ。華やかさがない。あたし、自分でドン底の生活もしましたから、そこからきた歌なんて、ぜったいいやですね」と淡谷さんはご自身の体験を言葉

の端に滲ませる。

近頃の歌手はマナーが悪く、ゼニゲバで、歌手というより歌屋になっていると慨憤する淡谷さんに、永さんは一つ一つうなずき共感された。さすが名著「芸人その世界」の著者である。「日ごろ淡谷さんが文句をつける、小言も言うってことを、ぼくらも少し受け持って、淡谷さん一人を意地悪ばあさんにしないように、ぼくも文句を言います」と永さんが神妙に宣誓すれば、「お願いいたします。なによりもうれしいことですわ」と淡谷さんは満足げだった。

永さんは私と同じ年。昭和八年、浅草永住町の最尊寺に生まれた。早稲田高校時代、NHKラジオの「日曜娯楽版」にコントを投書して三木鶏郎から認められる。早大文学部史学科に進み国史を専攻、京口元吉教授の講義に感銘を覚えたりしていたが、トリロー工房から誘いがあって文芸部員となり放送作家として活躍するようになる。

昭和三十四年、作曲家の中村八大氏と組んで作詞した「黒い花びら」でレコード大賞を受賞した。水原弘が歌って大ヒットした曲だが、秀逸なエピソードがある。

永さんは「黒い花びら」の詩を印税契約せず三千円で売ってしまった。レコード会社側からみたら「買い取り」である。

永さんはこの三千円で、たまっていた授業料を払い、大学近くの三朝庵で「たぬきそば」でなく「天ぷらそば」を食べた。この曲のレコードはミリオンセラーとなったのだから、一枚一円の印税契約でも百万円の収入になったはずである。そのことをあとで知って、眠れないほど口惜しがったという。

三朝庵は私も学生時代コンパをやったりしたなじみの店で、今でも大学近くにくると、この店に入ることがある。店内には永さんの二枚の色紙が飾ってある。

早稲田中学で学び
早稲田高校で遊び
早稲田大学は中退
卒業したのは三朝庵
昔たぬきそばを食い終って
これは天ぷらそばだったたと
自分で暗示をかけました。

「たぬき」と「天ぷら」の差にこだわった永さんの学生時代が想起されてほほえましい。早稲田という大学は卒業してしまったらタダの人、「中退」のほうがモノになるという伝説がある。

大学時代、私は法学部に在籍していたが文学部の地下にあった生協の書記局に所属していたので文学部の学生のほうに顔なじみが多かった。あのユニークな風貌の永さんを地下の書籍部あたりで見かけたものだし、のち芥川賞作家となった李恢成、思想史家となった中島誠、露文科教授でロシア文学者米川正夫先生の子息良夫さんらのアルバイトやら下宿を斡旋した記憶がある。李氏は、のち早大生協の理事になった。

永さんのいたトリロー文芸部のマネージャーが野坂昭如氏で、のち会社組織になったとき永さんが社長、野坂氏が専務というコンビを組んだこと、そこへ五木寛之氏が参加したことなど、奇縁が織りなす人間模様は興味深い。

「昔からケンカの六といわれるくらい、ケンカっぱやいところがあるが、自説をけっして曲げないところがりっぱ。キザを押し通すたくましさもみごと」とは野坂氏の永氏評である。

永六輔作詞、中村八大作曲の歌を坂本九が歌うという「六・八・九トリオ」が、あの世界的なヒット曲「上を向いて歩こう」を生み、いずみたく作曲の「見上げてごらん夜の星を」で若い世代の胸に希望の灯を灯したことも忘れ難い。昭和三十六年頃、ＮＨＫの連続ドラマ「若い季節」のスタジオ取材をしたことがあった。坂本九も出演していて役づくりの感想を訊ねたりした。まだ無名だった渥美清、黒柳徹子も出演していた。いずれも永さんに心酔しているタレントたちである。

その後、永さんが作詞した「いい湯だな」「女一人」はデューク・エイセスが歌って旅情を愛する日本人の心情をしっかり捉えた。

生粋の江戸っ子である永さんだが、農山村への思い入れは通り一遍のものではない。私が永さんからいただいた葉書にも「米論義でアチコチひっぱり出されています」と書かれていたが、たしかに日本文化のなかの米の位置づけを永さんはしっかりと見据えておられ、米の国内自給の大切さを例の〝永さん節〟で明解にアピールされている。農業サイドからみても、心強い〝応援団〟の一人である。

応援団といえば永氏は岐阜県清見村にあるオーク・ビレッジの「ドングリの会」の応援団長である。「ドングリの会」というのは「こども一人ドングリ一粒」のスローガンでナラやカシなどのドングリの木を植える運動をしているグループである。

荒れ放題の日本の山を憂える永さんは、ドングリの成る広葉樹を植えて山を守ろうと、熱っぽく提唱されているのである。

「水上勉さんが、お墓のかわりに自分の木を植えようと言っているけれど僕も賛成。できるならドングリの成る木を植えたい」と、永さんは語る。広葉樹は秋の落葉で山の土に栄養が与えられ、昆虫も鳥も集まってくるので、すばらしい生態系ができる。その摂理を永氏は学ばれ、山の回復にも力を尽くしておられるのである。

〈30〉安西篤子・迷える人に与える示唆

私が編集第二課長を務めていた昭和五十年前後「身の上相談」の回答者は弁護士の菊本治男氏と作家の安西篤子さんだった。

安西さんは中山義秀に師事し、昭和三十九年、戦前の七年間の中国生活を書いた「張少子の話」で直木賞を受賞された。受賞当時、三十七歳、女優の長山藍子タイプの美女が文壇に登場、という印象が残っている。

年に一度ほど番外編として、お二人の回答者による対談「身の上相談にみる世相と人情」を掲載した。菊本氏と安西さんは大変呼吸の合ったコンビで、とくに弱い立場にある農村女性の地位向上のため、いろいろなアイデアを出された。この対談の小見出しを並べてみると、お二人が回答のなかから搾り出された人生智が浮き彫りされてくる。

▽こんな夫でもいたほうがいい

▽女の浮気も離婚も経済力あればこそ

▽お嫁さん、ウソも方便ですよ
▽親は子どもの〝港〟であれ
▽自分勝手は不幸のもと

昭和五十四年、出版部編集長を命じられた。これまでの雑誌編集と図書の編集とは似ているようで大きな差異がある。本づくりの過程を一通り経験しておかないと、部下の苦労もわからないし彼らに指示もできない。

そこで、安西篤子さんの随筆集づくりを企画し、自力で編集してみることにした。安西さんがいろいろな新聞や雑誌に書き溜められたエッセイは数多い。東横線の大倉山にあるマンションに何度か足を運んで切り抜きを拝借し、選り分けて編集を試みた。

第一章の「私の軌跡」には、ドイツのハンブルグとベルリンで過ごされた幼年期、上海で過ごされた少女期、ご両親の思い出などを集めた。安西さんは離婚を経験されていたので第二章の「生まれる愛、こわれる愛」、第三章の「結婚この難しいもの」、第四章の「ああ〝女〟」には、ご自身の体験に裏打ちされた恋愛論や結婚論に強い説得力が認められた。第七章の「人生は愉し」には、安西さんの大好きなお酒とパチンコのエッセイが彩りを添えていた。

この本の書名は「泣かない女」にした。最末尾の随筆のタイトルをそのまま書名にしたもので、これは安西さんの希望でもあった。人間、泣いて涙が出るうちはまだ幸せで、悲しみが一定の限度を超えると、文字どおり涙も涸れ果ててしまうらしい。「悲しいとき辛いときに涙を流して泣くのは精神衛生上、必要な行為だと思う」と安西さんは書かれ、ここに「涙の効用」があるとされていた。

マンションに参上すると、決まって安西さんは一階にある喫茶店で用談された。けっして自室には招じ入れられなかった。若干、不満なものを感じていたが、考えてみれば無理もない。ご子息はすでに独立されていて、安西さんは独り住まいであった。世間の目を考えたら、中に上げないのが常識である。

本の口絵写真を撮影するためカメラマンと二人で参上したとき、初めて中に入れてもらえた。よく整頓されていて清潔なお住まいだった。書斎の椅子に座られ、立っている私とおしゃべりされているスナップが口絵写真となった。

この本の装丁はパッチワーク・キルトの図案的な絵模様を撮影して表紙にレイアウトした。パッチワークの作品を原宿の手芸学校に借りに行った。こういう学校はまったくの〝女の園〟で、いささか上気しながら作品を選んだものである。

あとがきに安西さんは、こんなことを書いてくださった。

「ろくに整理もしていない切抜の中から、鈴木俊彦氏が骨折って選び出し、一本にまとめて下さった。めんどうな作業をいとわず、この本をまとめられた鈴木氏と家の光出版部の方々に厚くお礼を申し上げたい」

その後、八重洲のブックセンターができたとき、女流作家名作フェアに、この「泣かない女」も並べられていて、私は充分に報いられた喜びを味わうことができた。

安西さんは大の相撲好きでもある。『読売大相撲』編集部の知人にその旨を紹介したところ、ほどなく同誌に安西さんの「わたしのスモウ・ノート」が十回ほど連載された。

以前、私が文芸誌『虹』に書いた「相撲取材こぼれ話」にも安西さんは大変興味を持ってくださり、感想を述べた絵葉書が寄せられた。嬉しい思い出である。

〈31〉藤原てい・死線を越えての愛と生

藤原ていさんの随筆集「果てしなき流れのなかに」の増刷に伴い、口絵の「著者近影」を撮り直すためS写真部長と共に武蔵野市のお宅を訪問したのは昭和五十四年の秋口だった。

にこやかに私たちを招じ入れてくださった藤原さんは、邸宅の中庭の木陰でカメラに向かわれた。ご主人の新田次郎氏、次男の正彦氏の近況などお訊ねしながら、アットホームな雰囲気をつくり出し、くつろいだムードの表情をカメラが捉えた。

藤原さんは長野県の生まれで諏訪高女を出た後、新田次郎氏と結婚。夫と共に満洲に渡る。終戦後、夫はソ連の手によってシベリアへ拉致され、幼い三人の子供を連れて北朝鮮へ逃げ込んだ。そこで一年半の放浪生活を送り、生死の境をさ迷う。監視の眼をくぐって木の実を探し、野草を摘み、薪を拾われた。市場のゴミ溜めをあさられたことさえある。

帰国後、こうした過酷な体験を綴った「流れる星は生きている」が大ベストセラーとなった。昭和二十四年のことである。翌年、夫の新田次郎氏が直木賞受賞作「強力伝」を書かれたのも、これに触発されてのことだといわれる。

〝おしどり作家〟といえば、三浦朱門・曽野綾子、吉村昭・津村節子のカップルも有名だが、新田次郎氏と藤原ていさんの濃密な夫婦愛も、つとに語り草となっている。

平成元年に新宿・伊勢丹で開催された「芥川賞・直木賞作家展」に、新田氏が昭和四十八年「アラスカ物語」の取材先から夫人に宛てた絵葉書が展示されていた。

アラスカの柳絮《りゅうじょ》眼に入り妻こひし

絵葉書には、こんな句が書き込まれている。

終生、山を愛した新田氏の遺志を汲んで、スイスのアイガー北壁をのぞむグリンデンワルドの丘の上に新田氏の墓がつくられている。「アルプスの山々を愛した日本の作家、新田次郎 こゝに眠る」と刻まれている墓碑に藤原さんはお参りして、持参の日本酒と羊かんとカリントウを墓の隅に埋めて帰られたそうである。

藤原ていさんは家の光協会の参与を務められ、家の光文化講師として各地に出講されている。参与会でお目にかかったときは、次男の正彦氏の近況を和やかなお顔で話されていた。正彦氏は数学の研究者で、東大を出られた後ケンブリッジ大学に留学、お茶の水女子大学の教授となり、ベストセラー「国家の品格」など滋味豊かなエッセイなども書かれている。

参与会では家の光協会の床鍋繁則会長と大変呼吸の合ったやりとりをなさっていた。ひとたび酒醺を帯びると、床鍋会長は北海道の開拓青年に戻り、藤原さんは信州の幾分突っ張った娘さんに戻る。お国言葉でやり合う。「そりゃ違うんでねえの」と床鍋会長。「そんなことないわよ」と藤原さん。終戦直後、静岡県磐田郡の農村で新時代を迎えた青年男女の意気盛んな討論を耳にした頃が想起されて、お二人のやりとりに懐かしさすら感じたものである。

藤原ていさんから農協マンへの苦言が呈されたこともある。東北地方のある講演会場へ出講されたとき、司会を務める農協の部長が、こんなことを言ったそうである。

「今、テレビや新聞によく顔を出すような有名な先生方は、講演料を何十万も積まなければ来てもらえないが、その点、藤原先生は、ほんの足代だけで来てくれるので頼みました」

藤原さんは、はっとして耳を疑われたそうである。堂々と聴衆の前で言うのだから悪意でないことはわかるが、これから講演をしようとしている人の前で言うべき言葉ではない。席を蹴立てて退場しようかと思う気持ちを抑えて講演を済まされたのち、藤原さんはトイレに飛びこんだ。涙が止まらなかったそうである。「藤原先生は開催の趣旨に賛同されたら手弁当でも駆けつけてくださる」くらいに言うべきところであったろう。言葉というものは、おそろしいものである。

藤原ていさんは武蔵野市の教育委員、教育委員長を永年にわたって務められ、平成元年に教育功労賞も受賞された。「私も農家の生まれなので、仲間に話しかける気持ちで農村に出かけます」と各地へ精力的に出講されていた。

〈32〉立松和平・農と自然を守る筆力

昭和五十七年の五月号からK編集長の後を受けて『地上』を引き継いだのだが、連載小説は立松和平氏の「春雷」が第五回になるところだった。

「春雷」は立松氏の出世作「遠雷」の続編で、都市化の波に抗してトマトのハウス栽培に取り組む若い夫婦の物語であった。

前作の「遠雷」は野間文芸新人賞の受賞作で、都市近郊に生きる若者像を重厚な筆致で描き切り、昭和の黙示録とまで激賞された作品だったが、「春雷」もこれに劣らぬ力作で、のち立松文学の代表作の一つに挙げられるほどの高い評価を受けることになる。ただ、作品のトーンはあくまで陰々として暗い。主人公満夫の親友は殺人を犯して拘置され、妻は姑との折り合いが悪く死産、家出した父親はビニールハウスで農薬自殺をする。葬儀に集まる村の老人たちの宴で幕を閉じるというプロットであった。

立松氏との初対面は、重苦しいシチュエーションにつきまとわれた。編集長就任の三月から四月にかけては地方での会議が続き、氏の原稿をナマで拝見することが叶わなかった。立松氏の原稿は締切り日を過ぎての入稿だったので編集部に温める間もなく印刷所に急送し、ゲラに組み上がった初校を読んで初めてストーリー展開を確認することになった。

そのゲラを一覧して驚いた。三〜四ページにわたって、全く「改行」の箇所がないのである。必然、誌面に隙き間がなく活字で真っ黒であった。〈これは困った〉と新米の編集長は大日本印刷の出張校正室で頭をかかえた。『地上』は総合雑誌といっても農村の青壮年向けである。むしろ編集の手法としては大衆雑誌に近い平易さが求められる。「改行なし」の黒い誌面は、このプリンシプルから大きく逸脱してしまう。

担当者のO君に、宇都宮の立松氏宅に電話を入れさせた。氏の了承を得て何箇所か「改行」の赤入れをしなくてはならない。ところが生憎のことに氏は旅行中で留守であった。著者に無断で作家の原稿に「改行」の赤を入れることは、本来やるべきことではない。といって、息の詰まるような誌面を読者に送ることはできない。

ここは、「現代ノ危難ヲ避ケル為メ已ムコトヲ得サル」緊急避難と考えて、あえて改行を断行することにした。〈後で泥をかぶろう〉と考えたのである。案の定、雑誌の刷り上がりを見た立松氏からのクレームの声が担当のO君を通じて私の耳に返ってきた。わたしはすぐさま宇都宮の立松氏宛、事情を述べた詫び状を書いた。

「とにかく、会ったうえで」という立松氏の意向が伝えられ、氏の東京での定宿である一ツ橋のホテルで氏と会うことになった。O君が同行した。

ホテルのロビーにジーンズ姿の立松氏が憮然と待ち受けていた。気まずい空気が流れた。

「何分にも農村向けの雑誌ですので、どうかご理解ください。失礼の段はお許しを」と、率直に頭を下げたところ、立松氏の円っこい童顔が心なしか崩れた。一回り以上も年長の私を見て、氏も言葉を呑み込んだようであった。「連載を打ち切ってもいいいんだ」ということを、氏はO君には言っていたらしいのだが、その言葉を直接耳にせずに済んだ。

「息せき切って書いたんですよ。へたに改行すると、思考が中断してしまうんで……」

苦笑まじりに立松氏は自分の立場を述べた。

事実、純文学畑の作家は、文章の改行ということには、さほど神経を使わない。創作は自己自身の表現であり、読者へのサービスというようなことは念頭にない。そこへいくと、大衆文学の作家は、読者の肩の凝りをいかに解《ほぐ》して物語へ誘い込むかに腐心するから、改行が多くなり、したがって誌面に隙き間があって風通しがよい。私がかつて担当した山手樹一郎氏や源氏鶏太氏の原稿がそうであった。「やがて」とか「つまり」とか書いて、また行を変えることすらあった。原稿料は四百字詰め原稿用紙一枚分を単価とするから、大衆作家の一字分の稿料は、純文学作家のそれより〝割高〟という計算になる。

余談はさておき、立松氏と母校が共通であること、氏がたびたび執筆しておられる河出書房に共通の知人がいることなど、いくつかのファクターが重なって、心理学でいうところのラポール（融和）の関係が生じたのは幸いであった。

立松氏は戦後の昭和二十二年生まれである。そのことから、話題は「団塊の世代」論に移った。昭和二十二年から二十五年くらいまでの第一次ベビーブームに生まれた約一千万人は堺屋太一氏からこう名づけられた。人口の分布図を見ると、この世代のところは蛇が卵を呑んだようにふくれている。テレビっ子世代でありマンガ世代であり、ビートルズ世代であり、「全共闘」世代でもある。そういえば立松氏の原稿の字はマンガチックなマル文字である。

「団塊の世代」は、東大・安田講堂〝落城〟に象徴される「七〇年安保」騒動を引き起こした世代で、彼らが続々と企業に入社してきた頃「権利は主張するけれども義務を履行しない」との批判を浴びた。サラリーマンになっても学生気分が抜けず、役づきになってもヒラの気楽さにしがみつこうとする。いわゆるモラトリアム世代でもある。

立松氏にそれを言うと、そのことを半ば認めながらも「今に見ていてください。日本の企業を担っていくのは、この世代のバイタリティですよ」と、氏は確信ありげにほほえんだ。「競争相手のひしめくなかで受験戦争や就職戦争にもまれていますから、生命力は強いはずですよ」というのが氏の同世代観であった。

立松氏自身、早稲田に在学中全共闘運動に参加、「自転車」で早稲田文学新人賞を受賞した。それも有馬頼義氏のかばん持ちをしたり、山谷での筋肉労働や看護助手とか魚市場の荷運びをしながら創作に挑んだものだった。早稲田文学に勤めていた今の夫人と駆け落ちし、故郷の宇都宮に帰って六年間市役所勤めをする。沖縄の与那国島でサトウキビ刈りをしたり、インドや東南アジアを放浪したりするという行動派であった。

立松氏の農業への思い入れも尋常一様のものではなかった。「食と農を守るシンポジウム」では、「国際価格に比べて日本の国内の米価は高すぎる」とする学者や財界人の発言を向こうに回して「米が高いという声には腹が立ちます。米は国土を守っているんですよ。そのことを無視して米の値段を云々するのは問題です」と、激しく反論した。

井上ひさし氏や俳優の菅原文太氏と組んで「風こぞう一〇八人衆」にも加わっていた。いわば農業への応援団である。「水田は私たちが生きていく根拠であり、人間が長い時代をかけて作り上げてきた緻密なメカニズムです」と、命の根源である食と農を守りゆく決意を述べていた。農水省がスタートさせた「二一世紀村づくり塾百人委員会」にも立松氏は参加されていた。野坂昭如氏、井上ひさし氏、嵐山光三郎氏、玉村豊男氏らと共に農業サイドが最も頼りにする文化人の一人であった。

立松氏の実家は農業のかたわら肥料を商い、水車で製粉精米業なども営む素封家である。実父はその家の三男で農村共同体から出ていくことになるのだが、立松氏はエコロジーと調和のとれていた頃の農村を知っており、ノスタルジーをもっている。それだけに、古い農村共同体が都市化の波に押し寄せられて、その〝波打ち際〟で起きる人間の悲喜劇が、氏の創作欲を燃え立たせていた。札束で横面をはたかれて美田を手放し、大きな家を建て高級車を乗りまわしたりして蕩尽する農民に、氏は崩壊感覚を抱きペンを走らせたのである。

平成二年〜三年にわたり『地上』で連載した「立松和平のふるさとトーク」は、ワッペーさんの愛称で人気のあった立松氏の温かい人柄が行間に滲み出て、ほのぼのとした味のある読物だった。同郷のタレント、ガッツ石松さんもゲストに登場した。「立松さんをおれは尊敬しているんだ。栃木の星なんだから」と、ガッツさんはエールをおくっていた。立松さんはテレビ朝日の「ニュース・ステーション」で旅のレポーターも担当。その日向臭い語り口で受けていた。六十二歳での夭折は、まことに惜しまれる。

〈33〉伊藤桂一・地上文学賞選考の筆頭作家

『地上』編集部の大きな仕事の一つに、「地上文学賞」の募集・審査・表彰がある。「地上文学賞」が制定されたのは昭和二十八年で、昭和二十九年一月号に第一回受賞作品が掲載された。秋田県在住の千葉治平氏の「馬市果てて」である。千葉氏はこれをきっかけにして文学に専念され、昭和四十年「虜愁記」で直木賞を受賞された。当初の審査員は和田傳、伊藤永之助、丸山義二の三氏であった。平成六年で第四十一回に達するこの文学賞の受賞者には島一春、薄井清、山下惣一といった戦後農民文学の旗手たちがいる。その後、審査選考を担当された方々は、荒正人、小山いと子、谷川徹三、浅見淵、壺井栄、山本健吉、有馬頼義、石原慎太郎、林房雄、浜野健三郎、新田次郎、吉村昭といった錚々たる顔ぶれである。

私が編集長として初めて経験した昭和五十七年度の第三十回「地上文学賞」の審査選考委員は伊藤桂一、井出孫六、平岩弓枝、長部日出雄の四氏で、今も引き続き担当されている。審査会はホテル・ニューオータニ、ホテル・グランドパレスなどで毎年十月に開催され、受賞作と選評が

『地上』の新年号に掲載される。

選考委員の先生方の作品評をじかにお聞きして感服されたのは、四氏とも〝煩るつき〟の文学好きでいらっしゃるということである。創作を職業とされておられるのだから当然と言ってしまえばそれまでだが、傍で拝聴していて〈うーん、さすがだな〉と唸りたくなるほどの熱の入れようなのである。〈小説というものが、かくもお好きなのか〉と感嘆させられるほどの打ち込み方で、「ここのところを、こうすれば、もっと良くなるのに」と、残念がられる声は、まさに腹の底から出てくるような溜め息交じりなのである。

昭和五十八年度の第三十一回で佳作となった「リンゴ仲買人ラン」は、青森県岩木町の三上喜代司さんの作品だった。個性の強い津軽女の半生を描いたもので、弘前出身の長部日出雄氏がとくに喜ばれた。「面白さは随一で痛快な笑いをこらえかねた」と選評に書かれるほどの出来栄えだった。主人公のランは商売にも色事にも、ありったけの情熱を注ぎ傾ける。「少し面白く誇張して描き過ぎ、相撲でいえば勇み足のようになった」というのが伊藤桂一氏の選評である。それというのも、ランが娘の婿を犯してしまうという官能的な物語なのであった。「こりゃ、ねぶた絵の世界だね。極彩色だ」と、長部氏が感極まった声を出されると、「そうね。ランは山田五十鈴にやらせたいわ。はまり役よ」と芝居好きの平岩弓枝さんが合いの手を入れる。

こういうやりとりを聞いていて、私は編集者としての「至福」を感じたものである。その審査会に同席していなくては聞けない珠玉の言葉の連続なのである。審査終了後の懇親の席では、文壇の裏話もあれこれ話題になった。

伊藤桂一氏は「地上文学賞」審査員四氏のなかの最長老で、いわば選考委員長格である。温和なお人柄で、じっくりと他の三氏の意見に耳を傾けられ、徐ろに自説を述べられる。押しつけがましい自己主張をなさることはないが、緩やかな流れをつくり出され、静かに結論めいた方向に誘導される。穏やかな調整役である。

毎年、十一月に開催される日本ペンクラブのパーティで伊藤氏とお会いするが、ちょうど地上文学賞の審査を終えられた頃であるので、そして私も編集委員室の一員として粗選《あらせん》を担当していたので、その年の受賞作や佳作についてのご感想をお聴きし、私見をお耳に入れていた。伊藤氏は、地上文学賞に関しては、表現の巧拙よりも素材のユニークさを重視される。平成二年の審査では、農業後継者の結婚難に関わる〝じゃぱゆきさん〟を描いた作品を強く推されたようだった。

伊藤氏は昭和三十六年、「蛍の河」で直木賞を受賞された。氏が得意とされる戦場小説の一つで、かつて中学の同級生だった小隊長と一兵士との友情を淡々とした筆致で描いた短編である。氏は一兵卒として七年余、中国各地を転戦された。その過酷な戦場体験を瑞々しい詩魂をもって描き続けておられる。私がいたく感銘を覚えた氏の作品は「水と微風の世界」（中公文庫）である。揚子江沿いの美しい江南の地で戦旅をたどる兵士と、朝鮮人従軍慰安婦との愛と流離を描いた長編で、染み入るような情趣と哀感がそこはかとなく作品の底に流れ、荷風描く「濹東綺譚」の戦場版といった趣きの佳編である。

伊藤氏は四日市の生まれで、父が寺の住職であったという点では丹羽文雄氏と共通した生い立ちである。詩作から出発した人だけあって、作品のなかには纏綿たる詩情が漂う。「人生を見る目の温かさがにじみ出ている」とは松本清張氏の伊藤氏評である。

氏は地上文学賞のほか、ながらく日本農民文学賞の選考委員をも務めておられる。氏自身が農民小説を書かれているわけではないが、「長い間、兵隊生活で苦労してきたものに、農民の暮しと通い合うようなものがあるせいか、農民小説というものが、わたしにはよくわかるような気がします」と述べられている。そして、「退廃的な都会から造り出される多くの小説のなかにあって、人間の最も根源的なものを書く農民小説こそ貴重です。農村には新しい小説の素材が豊富に埋まっています」と、『家の光ニュース』巻頭の「わたしと家の光」欄で、伊藤氏は語っておられる。

氏は昭和四十八年、十二回にわたって『家の光』連載の「人生小説」を執筆された。例えば黒沢酉蔵翁を主人公とする際は、北海道の現地に行って丹念に取材をされ、黒沢翁の生涯を小説にするという手法で、この滋味豊かな人物伝が読者から多くの好評を得たことはいうまでもない。

第一八回吉川英治文学賞を受賞された「静かなノモンハン」は、旭川編成「第七師団」の生き残り三氏から体験談を取材してまとめた作品である。そのなかには連隊の部下が戦死し、その遺体発掘作業をしていたところ、風もないのに傍らの背嚢の蓋がパタパタと音をたてめくれており、よく見たら背嚢はその部下のもので、彼の魂が自分の所在を伝えているように見えた、といった心打たれる奇話が織り込まれている。「あの話を伝えなければ」の使命感を背負って、氏は本にされるまで十年を要したそうである。

伊藤氏はこうした戦記文学のほか、仇討ちものや捕物帳など、時代小説の傑作も多数ものされている。

〈34〉平岩弓枝・人情の機微を描く

平岩弓枝さんは地上文学賞の審査を引き受けられる前に、昭和四十七年から四十九年にかけて『家の光』に「あした天気に」というユーモア小説を連載執筆された。おでん屋を経営する夫婦に育てられた養女の結婚、渡米、帰国、初孫の誕生といった物語展開のなかに、神主夫妻、おでん屋の常連の医師などが絡む人情物語で、連載中からフジテレビの全国ネットで放映された。

平岩さんご自身、代々木八幡の宮司の娘さんだけあって神主の描写は堂に入っていた。「肝っ玉かあさん」やNHKテレビ小説「旅路」など脚本・戯曲の作品も多数あり、地上文学賞の審査会でご一緒した頃は、東宝舞台劇の「御宿かわせみ」の脚本から演出まで手がけられ、主演女優の一人、古手川裕子の舞台センスの良さを賞賛されていた。

日本女子大の国文科を出られて戸川幸夫氏に師事され、長谷川伸氏の門下生となって翌年の昭和三十四年に早くも「鏨師《たがねし》」で直木賞を受賞されている。二十七歳という弱年での受賞だった。

平成三年三月、新都庁舎完成記念シンポジウムで平岩さんの講演「ひとつの人生」を拝聴する機会を得た。師匠長谷川伸先生を感慨深く回想されてのお話だった。その講演会は三月十五日に開かれたのだが、この日は平岩さんの満五十九歳の誕生日に当たり、奇しくも師匠の誕生日と重なり、しかも昭和三十三年のこの日に弟子入りされたという奇縁の日であった。「物書きとして最も心に残る人のことを語りたいのです。その人の名は長谷川伸。一匹狼の放浪人生を送られ人間の孤独を通しながら人間の生涯を語り続けた劇作家です」と、平岩さんは幾分声を低めて話し始められた。

平岩さんは長谷川門下生のなかでは最も年下の弟子であった。山手樹一郎、山岡荘八、土師清二、戸川幸夫、鹿島孝二、村上元三、新田次郎、池波正太郎といった兄弟子が綺羅星の如く連なっていた。世の師弟関係は「引っぱたいてうまくなる」ケースと「飴をしゃぶらせてうまくなる」ケースの二通りあるらしい。師匠から見た平岩さんは後者だったようである。

昭和三十八年一月、長谷川先生が築地の聖路加病院に入院された。平岩さんは先生の病状を兄弟子たちに連絡する係を仰せつけられ繁く病室に出入りするようになる。先生はベッドに横たわりながらもしきりに指の運動をされていた。

「ぼくは物書きだから足腰が立たなくても構わないが、指が動かなくなったら書けないからね」と言いながらの運動だった。平岩さんにとってはショッキングな目撃でもあった。〈もう、あんなに凄まじいことはなさらないでほしい。ゆっくり療養なさってほしい〉と、平岩さんは思い、見舞客の安藤鶴夫氏の耳にそのことを入れた。安藤氏は、「長谷川先生、若い者たちは先生に一日でも長生きして欲しいと願っているのですよ。これ以上ご自分に厳しくされることは、どうか、おやめになっては――」と、申し出た。安藤氏が帰った後、師匠は平岩さんに、「君は指のことを安藤君に話したんだね。でも、ぼくは世の中へのささやかな恩返しとして仕事をしているんだよ」と、たしなめられたそうである。「でも先生、ご無理なさらないで。もう充分に世間に尽くされていらっしゃるのに――」と、思わず平岩さんが言葉を返されると、師匠は突然、怖い表情でこう言われた。「君は天ぷらのことを忘れたのか」

このあたりから、平岩さんのお話はテンポが早くなり熱を帯びてきた。

師匠が大の天ぷら好きなので、入院中のある日の夕方、新宿三越裏の天ぷら店で揚げてもらった品を急いで病院に運ぼうと、平岩さんはタクシーに乗られた。バックミラーに映った平岩さんの思いつめた表情を見て事情を察した運転手は、今日の東京では考えられないほどの速さで横町の細い路地を縫い進み、天ぷらが冷めないうちに聖路加病院まで運んでくれた。師匠にその旨を報告すると、長谷川先生は「ありがたいねえ、おいしいねえ」と感動され、「生きているということは他人様の恩を受けていることだ」と呟かれたそうである。都庁舎五階の大会議場で、私は平岩さんの講演に魅せられ酔わされてしまった。さすがに下町の人情の機微に通じられ、能楽や日舞などの古典芸能を修業された〝茶の間の大衆作家〟ならではの味わい深いお話だった。

〈35〉井出孫六・根底の民衆を視座に

地上文学賞審査員四氏のうち、井出孫六氏は府中市に住んでおられる。府中といっても中央線西国分寺駅南口から徒歩数分の地にお住まいなので、同じ中央線の西八王子から通勤していた私は、井出氏の選評原稿だけは、途中下車のうえ直接邸宅に参上していただくことにしていた。

孫文の書が掲げられている応接間に招じ入れられ、候補作六編のご感想を拝聴し、併せて、秩父困民党をライフワークとされたことのモチーフなどについても伺ったことがある。

井出氏が東大文学部を出て中央公論社の編集者をなさっていた頃、立教大学の井上幸治教授をお訪ねして秩父事件の研究談義を聞かれたことがあるらしい。井上教授は昭和四十三年、中公新書の「秩父事件――自由民権期の農民蜂起」を書かれており、私もこの本を愛読して事件に関心を抱かされていた。

直木賞作家の井出氏は丸岡秀子先生の実弟として知られ、秩父と背中合わせの信州佐久に生まれ育っておられる。幼児の頃から〝秩父騒動〟の話を耳にされ、同じ佐久から参謀長の菊池貫平や軍資金集め方の井出為吉といった指導者格の人物が騒動に参加していることから、血肉化した親近感を抱き続けてこられたらしい。しかも困民軍は十石峠を越えて佐久の大日向村に敗走しており、郷土史上の先祖への思いもあって、関心の深さは並大抵のものではない。

井出氏は中公を退社した後、秩父の過疎の村の廃屋に「困民山荘」と看板を掲げて友人と共に寝泊まりし、村々を訪ね歩き史料を収集されたという。

氏は、やがて「秩父困民党群像」（新人物往来社刊）「峠の軍談師」（河出書房新社刊）「秩父困民党」（講談社刊）といった数々の著作を記され、家の光協会から刊行した南良和写真集「秩父」にも解説を執筆されている。

平成元年十一月、家の光OBのN氏が事務局長を務めていた農業情報研究所のセミナーで「私の農村文化論」と題する井出氏の講演を拝聴した。

氏は昭和四十年に初めて中国に旅行され哲人・毛沢東、理論家・劉少奇、実務家・周恩来の巨大トリオに会見したり、旧満州の残留孤児の婦人に会ったことなどを話し、その満蒙開拓団を送り出した主要県の一つが長野であったことに話題を展開され、近代日本の出発点となった明治維新から、島崎藤村の「夜明け前」に言及された。井出氏は中学時代から今日まで「夜明け前」を前後五回読まれたそうである。

井出氏の話で興味をそそらされたのは、嘉永六年の木曽の馬籠には江戸のニュースが七日間で到達し、中山道の中間点に当たるため最も情報が豊富に入る宿場であったということである。

井出氏は、設楽総三と赤報隊の話にも触れて明治維新を主導したのは武士階級の下層の人々で、ついに農民は主人公たり得ずこの国の近代が始まったこと、柳田國男による峠の観察によると、山村の現金収入で効率のよいのが養蚕であることからモノカルチャーが形成され、農村恐慌から満州事変、そして残留孤児の悲劇に繋がっていく日本近代史の流れを、農村文化論という縦糸に沿って述べ説かれた。そして、その歴史の追究にこそ井出氏の創作のモチーフが貫かれていることを教えられた。氏の力作「終わりなき旅」(岩波・同時代ライブラリー)は、中国残留孤児の悲劇を描いた長編で大佛次郎賞に輝いている。

井出氏が経済誌『エコノミスト』に連載された「その時この人がいた」も興味深い人物昭和史であった。説教強盗から金大中事件まで、事件の現場〝東京砂漠〟を丹念に歩かれての歴史発掘で、最も奇異の念を抱かされたのが東京満蒙開拓団の記述だった。東京・荏原《えばら》の武蔵小山の商店主たちが開拓団を結成して内蒙古の興安に入植したとは意外極まる史実であった。田舎に縁故もなく転廃業を迫られた商店主が「衣食住には困らぬ」という宣伝文句に乗せられて徴用逃れに渡満したとは哀れでならない。

氏は昭和五十八年十一月、私の『地上』編集長在任の頃、信濃毎日新聞のコラムに地上文学賞のことを書いてくださった。

「家の光の姉妹誌『地上』で農民小説の新人賞があり、わたしはここ数年その選考に立ちあっている。応募作品には、今日の農村問題が何らかの形で映しだされており、いろいろと教えられるところがあって、楽しい仕事だ。昨年までは、農家の若い後継者に嫁の来手がないという切実なテーマが多く、読んでいて陰々滅々とした気持ちにさせられることが多かったが、今年はそのテーマがかげをひそめたように見受けられた。偶然かどうか、いくつかの作品に登場する農家の若い主婦が保母さんであったり、町に勤めを持っていたりという形であることがわたしの関心を引いた。これを、ひとつの新しい傾向とすれば、農村も大きく変わっていきつつあることの証左かもしれないと思ってみたりする」

「今回読んだ候補作品の多くに共通しているのは、農業のおかれている困難な状況にもかかわらず、ペーソスを含みつつも、どこかあっけらかんとした明るさのようなものがあることだった。これまでの農民小説には、出口のないような暗さがただよっているのが一般だったが、追いつめられるところまで追いつめられて農業の中で、エイッと開き直って、これまでとは別の出口を模索しているような姿勢が、そのどことない明るさの中に感じられるような気がしないでもなかった」

温かみのこもったコラムは、現職の編集長にとっては何よりのプレゼントであった。この一文は「昭和の晩年」(みすず書房刊)の上巻に収録されている。

〈36〉長部日出雄・津軽文化から西欧文化まで

「地上文学賞」の審査会における長部日出雄氏の打ち込み方にも心打たれた。鼻の頭に汗すら浮かべて、一つ一つの候補作の長所を何とか探り当てようと取り組まれる真摯な姿勢に感動させられるのである。減点主義とかマイナス思考でなく、加点主義すなわちプラス思考で作品を見ようと努められる。出身地の津軽に視座を据えて、田園に根差すローカリティを描き続けてこられた氏の創作スタンスが、このような審査会の場でも周囲に一種の清々しさをもたらすのである。

長部氏も「地上文学賞」の審査を通じて感じられた農村観の一端を、平成元年三月四日の日本経済新聞に書き述べてくださった。

「〝優雅な生活が最高の復讐である〟というのは、スペインの諺のようであるが、ぼくはこの言葉のなかに、いまのわが国の農業問題、農村問題を解決にみちびく糸口が隠されているのではないかと思う。七年ほどまえから、農業と農村にかかわる課題を追求した小説を対象とする『地上文学賞』の審査員をおおせつかっているのだけれど、応募してくるなかに、毎回若者（だけとはかぎらない独身者）の結婚難を描いた作品が多いのが目立つ」

若い女性が農家の嫁になりたがらぬ理由、農村の若い男性の夢の喪失と都会志向に触れられたのち、長部氏はこう提案される。

「だとすれば、問題解決のキーポイントは、——農村の暮らしを都会生活以上にカッコよく魅力的で、優雅なものにする——ということに尽きるのではないか」

大都会では〝通勤地獄〟でサラリーマンが苦しんでいるが、農家は職住近接で、都会人とは比較にならないほど「優雅な生活空間を実現できる可能性を秘めている」と、氏は指摘される。そして、農協への提言である。

「農協もいたずらに借金をふやす農機具ばかりでなく、オリジナルのインテリア用品や、最新のAV機器や、新しいモデル住宅、システムキッチン、あるいはログキャビン、アウトドアライフ用品などの販売に精を出したほうがいい」

農協の生活事業に対する斬新なアドバイスが、このコラムに認められる。そして農村による都会への〝最高の復讐〟を呼びかけておられるのである。

「都会にはない豊かな自然や、独特の風土や伝統のよさを生かしたうえで、それに若者が好むトレンディーな暮らし方をうまく組み合わせて、週刊誌や女性誌のグラビアに紹介されたら都会の男女がおもわず羨望と嫉妬を覚えるような、これまでになかった新しい魅力をもつ優雅なライフスタイルを創り出す。そして、農村の苦しさにこれまでまるで無理解だった都会人に、心のなかで『ざまアみやがれ』といってやったらいいとおもうんですが、いかがでしょうか」と結ばれる。

長部氏は昭和九年弘前市に生まれ、早大文学部で学び読売新聞に入社、映画欄を担当したのち『週刊読売』の記者、ルポライターなどを経て、三十五歳のとき作家になろうと決心。吉行淳之介氏の強い勧めもあって、生まれ故郷の弘前に帰り、町はずれの借家に住んで創作の構想を練られた。そして、二年四か月の弘前滞在期間中書きあげた八十編の創作のなかから「津軽じょんから節」と「津軽世去れ節」が直木賞受賞作品となった。

「津軽じょんがら節」は、三味線弾きの名手、高橋竹山、木田林松栄を取材した地方新聞記者が、津軽三味線の曲弾きに取り憑かれる話。「津軽世去れ節」は「嘉瀬の桃」の名で愛された黒川桃太郎という津軽民謡の名人の一代記である。農民の哀歓と怨念がこめられた三味線の音が基調として流れる両作品には、鄙びた津軽方言がふんだんに出ていてほほえましく、また楽しめる。こんな按配である。

まいね（駄目）、どってんする（仰天する）、いのづ（命）、ボサマ（座頭）、ほいど（乞食）、けっぱれ（頑張れ）、めぐさい（恥しい）、カレゴ（年期奉公人）、ハヅヌゲ（八人芸）、カゲナジヨ（謎かけ）、ケガヅ（飢饉）、ジョッパリ（強情はり）、サスミッコ（刺身）。

長部氏は昭和五十四年「鬼が来た・棟方志功伝」で芸術選奨文部大臣賞、六十二年「見知らぬ戦場」で新田次郎文学賞を受賞されており、無類の映画好きが昂じて自作映画「夢の祭り」ではメガホンをとられた。四歳のときから映画館通いをされた筋金入りのファンである氏が、遂に宿願を達せられたのである。酒豪でも知られる長部氏は、農業サイドからみても貴重な作家の一人である。

長部日出雄氏の執筆活動は小説以外の領域でも注目される。特にマックス・ヴェーバーの生い立ちから壮大な思想的発展の過程を辿った労作『二十世紀を見抜いた男』（新潮社）は、現代社会の空洞化を百年も前に予言した思想家の評伝として示唆するものが深い。さらに『反時代的教養主義のすすめ』（新潮社）では、ドストエフスキー、パスカル、エマソン、ゲーテ、カント、トーマス・マンなど欧州の文豪や哲学者から、道元、法然、一遍らの仏教哲学まで幅広く思想のエキスを導き出しており、その現代的意味を懇切に解説している。作家から思想家への発展の姿と言えるだろう。

〈37〉小島貞二・力士から大衆演芸への転身

力士出身の作家として異彩を放つ小島貞二氏に原稿を依頼したのは昭和四十年の年末だった。『家の光』四十一年三月号の二色絵物語「勝負にかけた執念」を担当させられた私は、三つの実話ストーリーを組み立て、〈その一〉は東京五輪で金メダルを獲得した日紡貝塚の女子バレーチーム、〈その二〉はプロ野球の三原、水原両監督の宿縁のライバル物語、〈その三〉は、栃錦・若乃花の世紀の決戦、という構成にした。

小島氏にお願いしたのはいうまでもなく〈その三〉の栃若決戦物語であった。

氏はかつてのお相撲さんだけあって、身長は六尺（一メートル八二センチ）もあるが、むしろ痩身の紳士で、ベレー帽に太い緑のロイド眼鏡が調和して、見るからに柔和な文士といった雰囲気を漂わせておられた。

昭和三十五年三月場所の千秋楽、両横綱は無敗のまま、結びの一番で相まみえる。若乃花は愛児の事故死、栃錦は実父の輪禍と、ともに悲運を乗り越えての決戦を、小島氏はメリハリの効いた文体で描写してくださった。二色絵物語は、ときの編集長嶋田洋一氏が好んで使われた手法で、遠く戦前から『家の光』の看板記事の一つでもあった。地方出身で大衆感覚にすぐれた小島氏は、そうした農村向け家庭雑誌のツボを巧みに押さえて叙述されたのだった。

氏は大正八年に愛知県豊橋市に生まれ、旧制豊橋中学を出てから漫画家を志して上京、川原久仁於、矢崎茂四、岡本一平、近藤日出造といったお歴々の指導を受けるに至ったが、漫画修業のさなか、両国の相撲部屋を見学したばっかりに長身に目をつけられて出羽海部屋からスカウトされ、昭和十三年に初土俵。同期に吉葉山や栃錦がいた。先輩力士の倭岩や九州山には可愛がられたが、藤ノ里といういじわる力士の付け人になったのが運の尽き。徹底的にイビられ、辛抱堪らず三年で廃業。雑誌記者に転身する。

小島氏の涙ぐましい新弟子修業の顛末は、自伝「あるフンドシかつぎ一代記」（ベースボールマガジン社刊）に描かれているが、この書は戦中・戦後の相撲秘史として資料的価値の極めて高い本でもある。

小島氏の新弟子時代は双葉山の全盛期で、氏の所属した出羽海部屋は〝打倒双葉〟の意気に燃えていた。読売新聞に相撲の漫画ルポを担当していた近藤日出造氏から出羽一門の五ツ島への取材依頼をとりついだのが取的《とりてき》の小島氏で、「漫画家になぞ会いたくない」という五ツ島をうまくマルめ込み近藤氏に立ち話の機会を与える。「双葉関を倒すとしたら、うちの安芸ノ海がおもしろい」という五ツ島の〝世紀の予言〟を近藤氏は聞き出すことができた。近藤氏の予想記事はマスコミ界の大評判となったが、その陰に小島氏の仲介と気働きがあったというエピソードも、この本の中に書かれている。

昭和末期、私は小島氏と三度ばかりお会いする機会を得た。まず船橋市にある「吉澤野球史料保存館」で偶然、氏と二十数年ぶりに再会した。氏は昔『野球界』の記者をされていたので相撲ばかりでなく野球にもお詳しい。これが私の道楽と一致したのだった。この史料館では、小島氏と共に、戦前の早大の名投手石黒久三氏もご一緒で野球談義に花が咲いた。

二度目は両国の永谷ホールで催された昭和十七年夏場所の相撲映画フィルム観賞会で同席。三度目は飯田橋セントラルプラザで氏の講演を拝聴したときである。演題は「大相撲三百年――雷電から貴花田まで」で、含蓄の深い氏の相撲史談に、詰めかけた多くのファンは心ゆくまで堪能していた。

小島氏は大衆演芸の研究家でも知られており、「寄席爆笑帳」「浅草芸人爆笑帳」（三一書房刊）などの著書もあった。氏は笑いの創作集団「有遊会」の代表世話人で、言葉遊びに切磋琢磨する粋人の一人であった。この会は隔月に一回、浅草公会堂の一室に集まり〝笑文芸〟を楽しむグループで、会員はゆうに百人を超す。会員には落語家の三遊亭円龍、講談師の田辺一鶴、放送作家の神津友好といった人々が加わり、会社員、主婦から大学教授、裁判官まで多士済々。

例えば、折り句都々逸で「あさくさ」の四文字が出題されたとき、小島氏は次のような美しい句をモノされた。

（あ）明ける平成　（さ）さらばの昭和　（く）国を彩る　（さ）さくら花

仮名文字を一字ずつ変えていき、頭と尻では意味が逆転というゲームでは、こんな傑作もある。

びんぼう（貧乏）―しんぼう（辛抱）―しきぼう（指揮棒）―しきもう（色盲）―しきもの（敷物）―やきもの（焼物）―やきもち（焼餅）―かきもち（欠餅）―かねもち（金持）。貧乏が金持になってしまった。

平成二年に有遊会は発足十三年を「十三回嬉」とシャレて、茨城県新治郡の筑波山麓自然休暇村ゆう・もあ村に石碑を建てた。碑文は「天が下笑いの末長からむことを」と彫られている。

〈38〉深田祐介・洗練された国際感覚

昭和五十九年三月、私は新設の家の光文化センター勤務を命じられ、文化講演会の事務局を担当した。田中澄江、森本哲郎、扇谷正造、ミヤコ蝶々といった文化人の講演の出演交渉から司会進行、経費の予算・精算などの業務を受け持ち、虎ノ門パストラルで開催した農協文化活動全国研究集会では深田祐介氏の講演を担当した。

深田氏の演題は「美しい日本人」。その年に急死した有吉佐和子さんの思い出から、有吉さんがインドネシア生まれであること、深田氏が執筆中の連載小説「神鷲（ガルーダ）商人」の舞台がインドネシアで、スカルノ大統領とデビ夫人が主人公であることに触れ、インディカ米の特性、同じ米食民族でも東南アジアの人々と日本人とではかなりの差があること、などを氏は述べられた。

さらに日本の風俗とイスラムの風俗との大きな差異、日本の都市化が進み過ぎ農村が過疎化して地域社会がなくなることへの不安、現に都会人は隣近所となるべく付き合わないようにしていることなどに言及された。

ダイニングキッチンの普及で亭主族の居場所がなくなる話から〝ダイニングキッチン亡国論〟へと発展し、日本人の義理人情がすたれてゆくことを嘆かれ、経済成長の半面で家庭は崩壊し、働きバチの勤勉一辺倒で日本人はたいへん損をしているのではないかと話を結ばれた。

講演前、パストラル一階のラウンジで深田氏と歓談する機会を得た。氏は早大法学部出身で私の二年先輩にあたる。永い間日本航空に勤務し、ロンドン駐在や広報部次長を歴任されただけあって、氏は見るからにダンディである。この雰囲気はしかし、学生時代から身につけておられた。上級生との接触はサークルか学友会（自治会）くらいのものだったが、学生服の上着に折り目のよく通ったグレイのズボン姿を決め込んでおられたのを鮮明に覚えている。当時の学生としては珍しく垢抜けた氏の出で立ちが一際印象に残っているのである。小学校から高校まで暁星で学びフランス語をマスターされていた、その磨かれた国際感覚が「新西洋事情」や「スチュワーデス物語」「新東洋事情」などの作品に生かされている。炎熱地マニラで働く商社マンの惨劇を描いた、直木賞受賞作「炎熱商人」は、三井物産若王子支店長の誘拐事件でそのリアリティが実証された。

深田さんと私との共通の友人のひとりに山崎宗次君がいる。山崎君は私の大学の級友で毎日新聞に入社、警視庁詰めの記者として特ダネ記事を書き、ＮＨＫ連続テレビドラマ「事件記者」に登場する名物記者ヤマちゃんのモデルとなった。家の光講師として地方に出張してもらったり、『地上』の座談会に出てもらったりもした。のち広告局長からプロモーション本部長として敏腕を振るっていたさなかの昭和六十二年七月、千葉県の真名ゴルフ場で心不全のため急死した。

山崎君の最初の赴任地は新潟支局だった。新潟の警察関係では名前が聞こえた記者であった。

山崎君のことを深田氏は著書「さらりーまん野戦学」（講談社文庫）でとりあげておられる。

「なぜこんなに記憶されているかといえば、彼は毎日蝶ネクタイを着けて飛び回ったそうです。サツ回りの記者が蝶ネクタイをするというのもいかにも奇抜なアイデアで、とにかく目だつし、関係者のあいだに強烈な印象を残し『あの蝶ネクの男』という異名をとってアッという間に有名人になってしまったそうです。つまり、個性の発揮からもう一歩進んで、本人のイメージづくりに服装を徹底して利用した例といえるでしょう」

山崎君は、彼が手がけた国際人育成シンポジウムにNHKの磯村尚徳氏や深田氏を講師として招請し、デュッセルドルフ、ロンドン、メキシコシティーなどでの催しのパネリストに迎えた。山崎君の葬儀には海部俊樹、岸恵子、磯村尚徳の諸氏と共に深田祐介氏も友人代表に名を連ねられた。級友の一人として山崎君の幅広い人間関係の終章を心から惜しんだものである。

〈39〉加藤幸子・北大農学士の観察眼

昭和五十七年に「夢の壁」で芥川賞を受賞された加藤幸子さんが自然と農業の保護に確固とした信念を抱かれた作家であることを知って、いつか『地上』に寄稿してもらいたいと、私は考えていた。加藤さんが北大農学部農学科の出身で、同僚のY君のクラスメイトであることを知ったので、同君のコネで依頼しようと思っていたところ、五十七年十一月の日本ペンクラブのパーティで加藤さんのお姿が目に入ったので、早速近づいて、執筆を依頼してみた。家の光協会のことはもちろんよくご存じだったし、Y君との縁ということもあって、すぐさま快諾を得た。

加藤さんは一七〇センチ前後の長身で色白の美人である。学童の頃は「ロウソク」というニックネームをつけられていたそうで、近づいて話すと、小柄の私などは、幾分オーバーに言えば首筋が痛くなるほどで、温和で知的な笑顔が上方から降り注がれるという構図であった。

昭和五十八年一月号の『地上』に掲載された随想「都会で考えた農業と自然」は、加藤さんの生活を通じて形成された生物観と農業観を述べたものであった。

「私は父が応用昆虫学者だったという家庭環境もあって、幼いころから種々様々の生き物を集めていた。キャベツ畑から青虫をとってきてモンシロチョウに羽化させたり、臭い角を出すアゲハの幼虫をペットにしたり、カタツムリに卵を産ませたり、ウサギや二十日ねずみを室内で飼ったり……。数えあげればきりがない」と、書かれている。そして、中学生の頃は将来昆虫学者か〝物語を書く人〟になりたいと夢に描いておられたそうである。

『地上』掲載の随想でも「大学で農学を専攻したのは、子供時代の趣味の延長といってもいい」と書かれている。さらに新潮社の『波』誌のインタビューに答えて「文学者である叔父の自殺を目のあたりにしたときから、文学の中に入りこむことを安易に考えられなくなりました。もう少し時間をあけて考えたいという気持ちが強くなり、結局、北大の農学部に進むことに決めました。大学を北海道に選んだのは、私が生まれた、大好きな自然や雪に思う存分つきあえる土地である、ということもありました」と、語っておられる。

自殺した叔父とは、劇作家の加藤道夫氏のことである。両親と共に中国から引き揚げてきた加藤さんは、世田谷の広い庭のある大きな西洋館に大勢の親戚たちと一緒に住み少女時代を過ごす。良い相談相手で思春期の孤独を理解してくれそうな叔父は新劇史において先駆的な存在であった。叔父の妻が女優の加藤治子さんである。

叔父の自殺のことは自伝的作品の「時の筏」に述べられている。女の子が娘へと変化していくメタモルフォーセス（変容）がこの作品のモチーフで、主人公が初の生理を経験する場面も書き込まれている。

加藤さんの大学時代、農学部の女子学生は二人だけで、女性用トイレもなく困惑されたそうである。大学の同窓会で久しぶりに旧友たちと会ったとき、学生時代の思い出話に花が咲き「牛や馬の種つけの見学のときに困ったろう？」と悪友に訊ねられた加藤さんは「ええ、先生は困ってらしたわ」とすまして答え、「でも、学生にはあらゆる知識が必要だもの。そうでしょ」と、やり返しておられる。（日本経済新聞、昭和六十三年九月「プロムナード」）

山吹君によると、北大生のコンパでは「ストームの歌」をよく唱和したそうである。

〽札幌農学校は蝦夷ヶ島　熊が住む　荒野に建ちたる大校舎　コチャ　エルムの木陰で真理解く、コチャエコチャエ

〽札幌農学校は蝦夷ヶ島　クラーク氏　ビーアンビシャス　ボーイズと　学府の基いを残し行く

〽早くなりたや札幌の農学士　肥桶かついでエッサッサ　コチャ理想は高いがドン百姓

〽早くなりたや札幌の文学士　エロ本書いたり訳したり　コチャ理想は高いがエロ文士

〽早くなりたや札幌の理学士　フラスコ立てたりこわしたり　コチャ理想は高いが皿洗い

加藤さんはこうした男臭い雰囲気のなかで青春を過ごされた。北大時代の日々は、「苺畑よ永遠に」（新潮社刊）に情念を込めて描かれている。大学を出た加藤さんは農林省園芸試験場に勤

務したのち日本自然保護協会に勤められた。その頃、北大の先輩で家の光協会会長だった宮部一郎氏を訪ねて協会に来られたそうである。

加藤さんは有機農業への思い入れも深く、無農薬野菜の購入にも熱意を注がれている。「有機農業に転換していくには、周辺にバランスのとれた自然環境が必要ではないのだろうか。農薬の代わりをつとめる野鳥や昆虫などの天敵、有機の肥料や飼料を採る林や草原、つまり豊かな自然が……」(日本農業新聞「視点」)。この一文に、加藤さんの農業観が集約されている。

加藤さんは昭和四十七年に自然観察の会をつくり大森海岸に野鳥の生息できる自然公園を設置するよう東京都に働きかけ、その実現に漕ぎつけた。「鳥か人かの択一ではなく、鳥の環境確保こそが人の豊かさにつながるのです」と、動物と共生することの幸福を訴え続けておられる。

〈40〉三好京三・みちのく農村の風趣

岩手県前沢町に在住しておられた三好京三氏に、タレントの岸ユキさんと対談していただいたことがある。昭和五十七年の晩秋のある夕刻、九段下のホテル・グランドパレスに席を設けて、先着の岸さんと三好氏の到着をお待ちしたのだが、なかなか現れず、予定時刻を四、五十分ほど過ぎてから、やっと、お姿をみせられた。

上野駅からタクシーに乗ったものの渋滞に巻き込まれたとのこと。こちらもヤキモキしたが、ご本人は一層気を揉まれた様子で、汗をふきふき、何度も詫びを申された。お気の毒になるほどの低頭ぶりで、〈ああ、このお方は、本当に誠実で腰の低い先生なのだな〉と感じ入ったものである。

対談のテーマは「しみじみ話そう日本の冬」。昭和五十八年の『地上』一月号に掲載する炉辺読物の企画であった。三好氏は岩手県南部の農村の正月行事のことを諄々と述べられた。「われわれの方では、あんこに始まって豆腐餅とか納豆餅とかズンダ餅など、いろいろな餅が出ます。

餅のフルコースです」と珍客賓客が来訪したときのもてなしの習慣を話されたあと、幾分節をつけて

〽お正月はいいもんだ、木端のような餅食って、油のような酒飲んで、テンかパンかと羽子ついて……と地唄を披露された。正月は貧乏人でも黒い餅ではなく木端のような真っ白い餅を食べて、ねっとりした酒っこ飲んで、と三好氏はコメントをつけられた。

さらに三好氏は、「きずもつこ」（雉子餅）や凍《し》みダイコンの美味しさについて語られ、「岩手の山国の人たちの歴史とは餓死と逃散の繰り返しでした。ですから、じっとしていることができない。働かないと不安なんですよ。だから、みんな働き者ですね」と、郷里の人を労《いた》わるような口調で話された。

聞き手の岸さんは神戸育ち、当方も寒さ知らずの静岡出身とあって、三好氏のお話に引きずられ、みちのくの農家の炉辺に導かれたような心地であった。

三好京三氏は、『家の光』の昭和五十五年七月号から五十六年の十二月号まで「雉子《きじ》鳴いて」連載執筆されている。東京育ちの青年が大学を出て岩手の寒村に住みつき、分校の女子教員にモーションをかけられるが、用務員の女性と結婚し、ＰＴＡの会長となるという青春小説であった。

三好氏は昭和六年生まれで、岩手県衣川小学校大森分校の教壇に立ち僻地教育を十四年間経験された。その間、慶大文学部を通信教育で卒業し、「北の文学」や「東北山脈」の同人として創

作に打ち込まれた。

「十四歳のときに小説家希望になった。小説家になれさえすれば、人殺し以外のことなら何でもやろうと思いつめた」とエッセイ集「風の又三郎たち」（文化出版局刊）に書かれている。氏は出世作「子育てごっこ」で昭和五十一年に直木賞を受賞された。作家きだみのる氏がある人妻との間にもうけて連れ歩いていた少女を夫妻で分校に引き取り、養女とされて、その教育に悪戦苦闘された体験を小説に書かれたものである。作品の中には、学校教育の拒否と個性教育の問題や甘えの問題など、現代の教育に関わるテーマが提起されており、その意味でも大きな話題になった。

きだみのる氏は、私の同僚のY君を気に入られ、〝どぶねずみ号〟なる愛用者にY氏を乗せて各地を漫遊されたり、夏の暑い日にランニングシャツ姿で突如編集局に現れたりしていた。私も、きだ氏を少なからず畏敬していたので、氏の忘れ形見をモデルとする「子育てごっこ」を、とりわけ興味深く読んだものである。

三好氏の作品からは、ちょうど人肌そのままの体温と背伸びしない身の丈ほどほどの人間観が伝わってくる。

氏の友人に陶芸とともに民話も研究している版画家がいて、分校の児童たちに「屁ったれ嫁御」という民話を語り、大受けしたそうである。

「ムガス、ムガス、アルドゴヌ、出スモノヲ出サネエバ、何トモナラネエ嫁御ガ、イダッタッタッツウモン……」といった素朴な語り口が「風の又三郎たち」に紹介されている。これはそのまま分校の生徒たちを慈しんだ三好氏の作品の世界でもある。

氏は二反歩ほどの田を耕作されていた。「そのなかの一坪を売ってほしい」と三浦朱門、曽野綾子夫妻に頼まれ、以来〝一坪地主〟になってもらい、毎年その分の〝年貢米〟ササニシキを夫妻に送っておられたそうである。

一関市に「文学の蔵」なる文学館創設の動きがあり、一関一高OBの三好氏は設立準備会の代表となられた。岩手日報に連載した「生きよ義経」の挿し絵を描かれた堂昌一氏の絵画展を催して、その基金づくりをされるなど、地域文化の発展にも力を尽くしておられた。

私が担当していた『家の光』連載の「心に残るふるさとの味」にも、三好氏にご登場いただいた。氏は、イモノコトロロのことをお書きになった。里芋を千切りにしてご飯にのせ味噌汁をかけてかき回したとろ味が、農家に育った氏にとっては大好物だったという。読んでいて心和むエッセイであった。

〈41〉野坂昭如・焼け跡闇市派の面目

野坂昭如氏と家の光協会との出会いは三十年近く前の昭和四十八年に遡る。野坂氏は連載「ニッポン農村巡礼」を「地上」に執筆し、埼玉県大利根町で農業を営む、詩人で美しい未亡人、仲山尚江さんの水田の一部を氏が借りてこの水田を「アドリブ農場」と名づけ、ここで氏は念願の農業体験を積まれた。

「ニッポン農村巡礼」は『地上』の昭和四十九年一月号から五十年十二月号まで連載された。氏は米作り日本一で有名な長野県松本市の北原昇さんをはじめとする各地の農民と会い、膝を交えて農業の危機を憂い語り合われた。担当記者は野坂邸をそれこそ〝夜討ち朝駆け〟して原稿の催促をしたり、神楽坂の旅館「和可菜」に〝缶詰め〟にしたところ〝暁の脱走〟をされたり、文字どおり〝血の小便〟の苦労を重ねた。この連載記事は家の光協会より単行本「堕ち滅びよ驕奢の時代」に収められ発行されている。

私は、編集第二課長当時の昭和四十九年五月が野坂氏との初対面だった。編集者として今日まで九十余名の作家とお会いしているが、氏との出会いほど屈辱的な思いをしたことはほかにない。

同年七月号の『家の光』米価運動特集のため氏のコメントをとるのが会見の目的であった。電話をしたところ「×日の夕方六時にTBSのスタジオ〇〇に来てくれ」という。出かけたら、スタジオの入り口に続々といろいろな男たちが詰めかけてくる。約束の時間がきたら野坂氏が録画撮りを終えて「じゃあ行こうか」と言う。何と詰めかけた十名ほどの男たちはすべてマスコミの同業者であった。

驚いたことに氏は同一時刻の同じ場所に複数の人間とアポイントメントと決めていたのだった。金魚の糞よろしく同業者たちとゾロゾロ後をついていったらTBS近くの〝イソムラ〟というクラブに入っていく。胸中グラグラ煮え返るものを感じた。病院の患者のごとく己れの番を待つ気持ちは惨めだったが、運良く（？）私は氏の筋向かいのシートに座ったので、三人目くらいに談話をとることができた。

「米価を三倍に上げろ！　一杯二〇〇円のコーヒーを平然と飲んでいる都会人が、一人二合（三〇〇グラム）の米の値段に、ヒステリックに騒ぎたてるのは、大地の恵みを忘れた〝おごりの民〟の所業というほかない。ぼくはこのたび埼玉県下に一〇アールほどの田んぼを拝借し、米作りを始めることになった。名づけて〝アドリブ農場〟。ままごとのようなものかもしれないが、飢えについて考える以上、ここまで到達するしかなかったのだ。いずれ日本には日本独自の飢えが必ずくる。いま食べ物があるというのは、実は奇跡だとぼくは思う」

これが、そのときのコメントのさわりである。取材の形は屈辱的だったが話の中身は〝珠玉〟であった。

昭和六十二年三月、電波報道部長を命じられた。家の光協会は昭和三十五年に発足した科学技術財団の運営に参画し、三十九年度から東京12チャンネル（現・テレビ東京）をキー局とするテレビ番組の制作に当たってきた。番組名は「田園アルバム」「あすの大地」「新・食の時代」と変遷し私の部長就任と同時に「岸ユキのふるさとホットライン」をスタートさせた。

番組提供は、発足当初はいすゞ自動車、全国農協観光、クミアイ化学、高崎ハムだったが、昭和五十一年から全中（全国農協中央会）、五十四年から全農、五十五年から農林中金が参加し、県中央会もピーク時には二十二県が参加している。

全中から家の光協会への発注ＣＭは「農協総合ＣＭ」と銘打って、年々趣向をこらしたものが制作されてきたが、昭和六十二年度には野坂昭如氏に登場していただこうということになり、電波報道部員のＩ君が熱心にして果敢なアプローチをかけた。その努力が実り、おコメのＣＭをつくるということには野坂氏も本気になって乗り出してくださった。

「ぼくはコメを商品とは考えていないので一般のＣＭ出演とは違う。全面的に協力する。話題性がある質の高いＣＭをつくろう。そのためには一流のコピーライターとカメラマン、作曲家を総動員して、名だたるスタッフで制作したい」との申し出が野坂氏からあった。「そこまでは予算がどうも……」と当方が言えば、「金がなければ知恵をしぼるんだ。ぼくが面識のあるスタッフを口説く。日本におコメがなくなったら困ると言えば、協力してくれるはずだ」と、氏は大変な意気込みをみせられた。

かくして総合CM「日本のコメ・野坂昭如編」の企画内容が決まった。映像は収穫間近の美田のなかに野坂氏が登場する。そこへ、野坂氏の意図に賛同してくださった三人の作家の、おコメへの思いを寄せた俳句がスーパーで入る。

鉢投げて米俵飛ぶ秋の雲　石川淳

かがやかに風と遊ぶや豊の秋　大岡信

長き夜をまづまぎらすや握り飯　丸谷才一

締めくくりは野坂氏のナレーションである。「米について言うならば、日本は昔から米国です。アメリカが何と言おうと、日本は昔から米国です」

「田んぼに案山子が減りました。田んぼに雀も減りました。耕す人も減りました。日本人は減りません。〽あなたなーらどうする……」

「ぼくの場合、酒はいつでもやめられるけど、コメは死ぬまでやめられないと思う。あしたもきっといい天気だよ」

制作メンバーはプロデューサーと出演が野坂氏、映像監督が浅井慎平氏、音楽が桜井順氏という豪華スタッフだった。浅井氏は「ビートルズ東京」の撮影でデビューした気鋭のカメラマン。桜井氏は三木鶏郎主宰の「冗談工房」に参加し、野坂氏や永六輔氏、いずみたく氏らと交遊のあるハイセンスの作曲家である。

ロケは新潟県栃尾市周辺で行われ、俳句を寄せてくださった三氏には謝礼金のほかに南魚沼郡大和町産のコシヒカリをプレゼントした。大和町は「岸ユキのふるさとホットライン」で学童の農業体験を取材したロケ地であり、大和町農協から多大のご協力をいただいた。

このCMは朝日新聞、日本経済新聞、「週刊朝日」などで大きくとりあげられ、その反響が広がった。全中広報部が試写会と記者発表をセットしてくれたことも助けになった。

広告評論家の天野祐吉氏は朝日紙上で次のようにコメントしてくださった。

「朝のテレビで野坂昭如さんがヘンなことやってるよ、と友人が教えてくれた。農協が提供している朝番組のCMに野坂さんが出てきて、日本人はもっとお米を食べようと力説しているらしい。で、見たらなるほどやっている。例のセッカチ調で熱っぽくお米のPRにつとめていた。(中略)このCMからは何かが伝わってくる。たぶんそれは、お米についてとにかくひとこと言いたいという、野坂さんの切実な気分みたいなものだろう。(中略)野坂さんがお米の意見CMに出ているということ自体が、意見のすべてなのだと言ってもいいかもしれない」

同じく広告批評家の島森路子さんも日経紙上で「例の前のめりの早口、その言い回しそれ自体に、あるアセリと怒りが感じられて、いかにもこれは野坂昭如風CMなのである。（中略）そのガンバリがヒシヒシと伝わってくる広告なのである」と応援してくださった。

昭和六十三年の三月、野坂昭如氏から前年のCM制作担当者、I君のところに、次のような電話がかかってきた。「もう農協のCMは終わりなのか。今こそ農協はカサにかかって農業批判サイドに対して攻めていくべきだ」

要するに野坂氏から〝ヤル気満々〟の意思表示があったので、当方は全中広報部に早急に連絡してこの年も野坂氏のCMで行くことの了承を得た。四月上旬の昼下がり、下高井戸の野坂邸を訪れた。門から玄関までは緩やかな上り傾斜になっていて西洋犬が二匹寝そべっている。犬嫌いの身にはおっかなびっくりであったが、幸い吠えられることもなく応接間に招じ入れられた。「しばらく待って下さい」と言われて十五分か二十分が過ぎた。〈さては、アルコールを入れておられるのでは？〉との心当たりが当方にあった。シャイで知られる野坂氏は、素面では〝よう喋らない人〟という伝説を聞いたことがあり、その記憶が甦ってきた。案の定だった。応接間に現れた氏は、先ほどの静かな物腰を払いのけたような気分の高揚を感じさせた。

氏から最初に出されたCMの案は、次女の亜未さんを起用する映像であった。彼女は当時十五歳の高校一年生で日本舞踊の名取りである半面、貝谷芸術学院に通うバレリーナの卵でもあった。

そこで、次のようなアイデアが、例の野坂調で、早口に語られた。

（おにぎりを食べながら娘のバレエのレッスンに見入る父）

娘「お父さん、バレエを見にきたの？　それとも、おにぎりを食べにきたの？」

（なお、おにぎりをパクつく父。娘の手も、思わずおにぎりに延びる）

「ちょっと親馬鹿だけれどね。悪くはない絵だと思うんだ」と、野坂氏は私を上方から見下ろしながら、まんざらでもない表情で頬を弛めた。当方がゆったりとしたソファに深々と腰を沈めているのに対して、氏はチェア型の椅子の上にあぐらをかいているので、双方の顔の位置には三十センチ近い較差が生じていたのである。しかも、私の足元には毛の長いペルシャ猫がまといつくので、動物の苦手な当方は両足をカーペットから上げて対応せざるを得なかった。おそらく側面から眺めたら珍無類の構図であったに違いない。

その後、野坂氏はフランスに旅行され、帰国後、前年同様、作曲家の桜井順氏とCMのコンセプトについて相談されている。両氏の間で一致したのは、二回目というのは同じような手は使えないということだった。愛娘亜未さんの起用も、したがって陽の目を見ずボツになった。

「自由化がどうの、食管法がどうのといったまともな表現では、日本農業の内外の危機感を、ハイテク・グルメ三昧の〝一般大衆〟に伝えるのは、とても望めない」というのが桜井氏の考えで、

「いっそ〈飢餓〉と〈繁栄〉を露骨にスキャンダラスに突き合わせて見せたら」という意見で両

氏は投合した。

「〈繁栄〉ならそこら中にゴロゴロしているが、グルメ日本には〈飢餓〉は存在しない。さて、どうする？」と考えた桜井氏は「アナログだけれども、歴史を終戦後の飢餓時代にズラす以外に手はない」という思念にたどりついた。野坂氏も映像監督の三上琇正氏もこれには同感だった。三上氏は電通賞やカンヌ・グランプリ等に輝く腕利きのCMカメラマンで、昭和一ケタ生まれのこの制作トリオは、見解の一致をみたのだった。「要するに、かつての欠食少年の成れの果てですからね」と、三田の音楽事務所で桜井氏は野坂氏と顔を見合わせて苦笑された。

少年時代を神戸で過ごした野坂氏は、戦災に遭い、妹を栄養失調で失う。この頃の悲痛な体験は直木賞受賞作「火垂るの墓」に描き出されており、この飢餓体験が野坂氏の創作の強烈なモチーフとなっていることはいうまでもない。

「ぼくは〝焼け跡・闇市派〟ということになっているので、復員兵の格好をして米俵を担ぎ、花の都の浮かれ騒いでいる繁栄の巷を歩いて、いつ飢えるかわからないぞということを、少し挑発的に脅かしてみたい」というのがCM制作に臨んで野坂氏の胸に固められたコンセプトであった。

野坂氏が担ぐ米俵は、大相撲の土俵づくりを引き受けている埼玉県吉川町の古老に依頼して、わが電波報道部のO次長が調達してくれた。

六月十八日、早朝の七時半から東京駅丸ノ内北口で撮影が開始された。野坂氏は原稿書きの徹夜明けで一睡もせず、白いものの混じるひげ面の憔悴極まりない顔で現れた。昼には上野駅の日本最長の新幹線エスカレーター、午後三時には原宿の竹下通り、夕方には新宿副都心から再び上野駅へという過密スケジュールのロケを強行した。

米俵を担いだ復員兵については「経済・ハイテク万能社会」からの脱走兵をイメージし、大都会の繁栄とのコントラストを狙ったものだったが、原宿は〈何が起こってもおかしくない〉街だけに通行のヤングたちは、野坂氏の異様な出で立ちにも、さしてたじろぐ風は見せない。それでも野坂氏が三、四人のセーラー服の女学生の方へタタラを踏むように寄りかかって行ったときは、キャッとばかりに女学生たちは悲鳴をあげて身を避けた。セーラー服に条件反射的な興奮を示すのは昭和一ケタ男性に共通している心情だろう。私にも充分に共感できるシーンではあった。

この総合CM「日本のコメ・野坂昭如〝米俵〟編」のMA（ナレーション等の音声入れ）を、六月二十四日、新富町の音響スタジオで行った。

BGM（バック・グラウンド・ミュージック）としては、「ひどい世の中じゃあ、こわい世の中じゃあ、信じられるのはおコメだけ、信じられるのはおコメだけ」という女性のバックコーラスが打楽器音と共に入る。これは伝統的なお囃子調であるが、何となく幕末の〝ええじゃないか狂乱〟を連想させ、ある種の啓示的な祈りの声に聞こえて、いかにも〝昭和幕末〟といったムードを醸す効果をあげている。

末尾のナレーションは野坂氏が、いささかの呆れと公憤を皮肉っぽく交えて「みんな、ほんとにのんきだねえ」と呟く。そしてエンドテロップ「生キ残レ少年少女」の文字が教科書体の活字で浮き出る。これに加えて桜井氏は野坂氏ならではのアドリブ・ナレーションを入れようと副調整室で待ち受ける。野坂氏は用意した缶ビールを次から次へと開ける。声と心の燃料である。

「この国が豊かだなんて、ぼくは信じられない」

「これは、なにかの間違いです。なにかの間違いが明治以来、ズーッと続いているだけです」

「夢はもうじき覚めます。繁栄の時代のあと、飢えの時代が必ずくる」

といった野坂氏一流の警句がポンポンと吐かれるのを桜井氏は「これはイケる」「今のをいただきましょう」といった調子で収録していく。

「生キ残レ少年少女」は、野坂氏が選挙で立候補したときの「二度と飢えた子どもの顔は見たくない」というスローガンを凝縮したコピーである。氏が『地上』に連載執筆されたコラム「農に力こぶ」を家の光協会出版部では単行本にまとめたが、その書名を「生キ残レ少年少女」とし、平成元年六月に刊行した。

このCMの評は、『夕刊フジ』『コマーシャル・フォト』『広告批評』などいろいろな媒体にとりあげていただいた。嬉しかったのは『協同組合通信』の「山椒弾」欄で「それにしても〝刺のあるCMを作ったものである」と本間文宣記者に書いていただいたことである。「CM業界では〝フック〟（引っ掛かり）のあるＣＭは優れた作品であり、何の印象も残らぬ作品は駄作、だそうだ。その意味で今回の作品は視聴者の心に引っ掛かること請合いである」との評は、極めて適切でありがたかった。「コワイＣＭじゃあ」との見出しをつけたのは『コマーシャル・フォト』誌で、「昨年の比較的おさえたトーンから一歩踏み出した感が見てとれるのは、全国農協中央会のいらだちか」と、コメントしてくれた。

このＣＭについては、今だから明かせる楽屋話が二、三ある。

全中および各県農協中央会から拠出していただいた金額と、野坂氏の要求された金額との間には、実はウン百万円の差があり、当方が板挟みの状態に置かれた。もとより野坂氏の申し出は、一般ＣＭ業界の〝相場〟からみたら三分の一程度の極めて良心的な額ではあったが、それでも当方が集め得る金額との間には、大きな開きがあった。

こういう状況になったときのカードとして、私は「水口義朗」の名前を密かに用意しておいた。大学時代のサークル（民主主義科学者協会早大班）の仲間で、中央公論社の編集者時代、野坂氏と親交を結んでいたことを氏の自伝的実名小説「新宿海溝」（文春文庫）で知っていたからである。この小説によると、新宿のゴールデン街等でへべレケになった野坂氏を水口君は何度となく介抱したことがわかる。それどころか野坂氏がまだ無名の頃、『週刊コウロン』の記者だった水口君は野坂氏のデビュー作となった「エロ事師たち」や「受胎旅行」を世に出させた。結婚式の仲人もしている。いうなれば野坂氏にとって〝足を向けて寝られない人〟なのである。このカードは、予期以上の威力を発揮したのであった。

ちょうどその頃、同じサークルの先輩早坂茂三氏の出版記念会が東京プリンスホテルで開かれたが、そこに野坂氏も駆けつけ祝辞を述べられるという一幕もあった。野坂氏が新潟三区から衆院選に出馬したとき、同じ選挙区のライバル、田中角栄元総理の知恵袋が早坂氏であったから、同じ昭和五年生まれの同門ということもあって、野坂氏と早坂氏は昵懇の間柄であった。その出版記念パーティで出くわした野坂氏に〈実は〉と、私は早坂氏や水口君との間柄を説明した。

こうした経緯のあと野坂邸を訪ねたら「ギャラのことは仕方ないな。まあ、全中の堀内会長に会わせてくれたらチャラにしていいよ」と〝助け舟〟を出してくれたのである。義理人情に篤い野坂氏の心情に触れて感謝の思いが胸に溢れた。

早速、全中のI広報部長にこの旨を伝えたところ、快諾を得て、すぐさま会見の場をセットしてくださった。私はO次長と共に野坂氏をハイヤーで迎えに行き、会見は全中応接室で行われた。ここで野坂氏は堀内会長に農とコメへの思いを存分に吐露された。かくして、野坂氏出演のCMは、私の永い編集者生活のなかでも忘れ難いエポックとなった。

野坂氏は平成十五年に脳梗塞で倒れた右半身不随となったが、元タカラジェンヌの暘子夫人が献身的な介護にあたり、リハビリの効果を上げている。

〈42〉杉浦幸雄他・漫画家とのユーモア旅行

漫画訪問（略して漫訪）という手法を、大衆雑誌では、しばしば採り入れる。『家の光』も、都道府県別の〝お国めぐり〟や、ユーモラスな題材をレポートする際、しばしば漫画家を派遣し、漫画と漫文で肩の凝らない読み物づくりにつとめていた。

わたしの漫訪初体験は、昭和三十五年秋、杉浦幸雄氏のお伴をしての徳島行きであった。板野町に女子青年建設班というのができて、四国遍路の札所、五百羅漢地蔵寺に二十数名の農家の娘さんが合宿していた。そこを訪問する企画であった。

杉浦氏とは神戸の六甲山麓の旅館で待ち合わせをした。神戸港から夜行の関西汽船に乗り、翌朝小松島港に上陸するためである。杉浦氏は夜の部が「豪の者」と先輩記者から教えられていたので、取材費（？）もたっぷり用意してきた。芸者さんをあげるにしてもネオンの巷にくり出すにしても、先立つものがなくてはならない。当方も多少のお相伴にあずかれるかも、と半ば期待して旅館に着いたら、杉浦氏は熱を出して床の中でうなっていた。

せっかくの取材費を使うどころの騒ぎではない。下熱剤を飲んでもらい、やっとの思いで船に乗ってもらった。板野町に着いたときには杉浦氏の熱も下がり、若い農村女性たちと楽しく語り合ってくれたが、漫訪初体験は、いささか心残りの旅であった。

和田義三氏のお伴では富山県砺波地方の「腰曲がり追放体操」を取材し、小島功氏との同行では「新日本漫訪・山形県の巻」を取材した。小島氏は小野佐世男の流れをくむ美女の描き手で、ハンコタンナ（庄内地方の日除け）で顔をかくした庄内おばこをまるでアラブの女のような妖艶なタッチで描いてくれた。尾花沢の花笠踊りの娘さんも寒河江のサクランボ娘も、小島氏の筆にかかると、悩ましい曲線美で描かれる。取材先の各地で色紙を求められる度に小島氏はサービス精神を発揮してくれた。

「新日本漫訪・新潟県の巻」は境田昭造氏であった。境田氏は漫画界では指折りのガン・マニアである。上野駅前のアメ横でイタリア製のモデルガンをわたしとSカメラマンに買ってくれた。買ってくれたのはいいのだが、ピストルを手渡ししたとたんに、こちらへの言葉づかいが乱暴になった。向こうにしてみれば、これで二人を子分にしたようなつもりらしい。桃太郎の犬とサルになったような按配で新潟へ向かった。

新潟市の旅館での第一夜が大変だった。境田氏はモデルガンに火薬玉を挟み、たてつづけに何発か引き金を引いたからたまらない。パーン、パーンと爆裂音が深夜の旅館内に鳴りひびいた。

「な、なんですか、お客さん！」と、女中さんがあわててやってきた。境田氏は角刈りで見るからにヤ印風なのである。「た、た、たすけてえ」と、女中さんが腰を抜かしたのは、無理からぬことであった。

出光永氏とは石川県へ、佐藤六朗氏とは愛知県に同行したが、いずれの旅も、こちらが漫画家にまちがえられた。両氏とも、それほどおとなしく、サラリーマン風であったからだ。

小川哲男氏のお伴では、福井県を一巡した。永平寺を訪ね東尋坊の風光を賞でた。小川氏はNHKの「とんち教室」のレギュラーであったから、行く先々で出題をさせてもらった。若狭湾の名勝蘇洞門（そとも）を船で巡ったときは「ソトモの割り句で川柳をつくってください」と頼んでみた。

ソ　その奇岩
ト　とてもみごとな
モ　モダニズム

小川氏は、ほとんど即答に近く、この一句をひねってくれたものである。東尋坊近くの三里浜の砂丘は花ラッキョウの特産地であった。さっそく一問出してみた。

（問）お経とラッキョウの類似点は？
（答）両方とも、いつさいクウ（空）。

さすがのご名答であった。芦原温泉では古くて格式の高い旅館に泊まった。部屋は洋室で文明開化風のシャンデリアがさがり、カーテンもベッドも鹿鳴館風の荘重なつくりであった。小川氏は部屋に入るや、

「こりゃ、明治天皇ご臨終の部屋だな」

と、つぶやいた。まさに言い得て妙であった。旅館の都合で、同じ部屋に泊まらなければならない夜もあった。弱ったことに、わたしは寝言の癖がある。それも、起きているときより発音明瞭なのである。翌朝、眠そうな目をこすって小川氏がぼやいた。

「ゆうべは、すっかり寝言であなたに叱られましたよ」

まさに冷や汗三斗の思いであった。

富永一朗氏とは「ネズミ取り日本一」の取材で新潟市の近郊を訪ねた。雨戸を閉め切った室内はネズミ篭の山で異臭が鼻をついた。チュウチュウの大合唱のなかで、富永氏は悠然と取材を続けた。取材生活二十数年のなかでも屈指の異常体験であった。

鈴木義司氏とは山梨県上野原町の禅寺を訪ねた。禅ブームに乗って外人たちが修行に来る寺であった。大森曹玄という偉い禅僧と義司氏との軽妙な問答は聞いていて快適ですらあった。

漫画家との旅の思い出は、それぞれの画伯の作風と重なって、今も心楽しく甦ってくる。

〔第二部〕芸能・スポーツ界にみる昭和の残像

NHK ドラマ「若い季節」の作者・小野田勇氏を取材。左端は渥美清さん。(昭和 37 年)

巨人軍長嶋選手の自宅を訪問。左端は著者（昭和 37 年)

〈1〉芸能取材楽屋ばなし

NHK内幸町時代

昭和三十五年から四十二年までマル七年間『家の光』の芸能記事を担当した。『家の光』は大衆的な家庭雑誌という性格上、当然のことながら芸能とかスポーツとかには、力を入れてきた伝統がある。

私が担当した頃は「3S記事」といって、スクリーン、ソング、スポーツが主流でありテレビはまだ発展途上期であった。それでも三十四年に皇太子（今上天皇）のご成婚があり、三十九年には東京オリンピックがあって、農村にもテレビ受像機が急速に普及し始めた時期であった。

駆け出し時代、最初に担当させられたのは、**森山加代子**の〝スター誕生物語〟であった。フジテレビに彼女を訪ねて話を聞いたり、育ての親、マナセプロの曲直瀬信子さんから売出しの苦労話を取材するという企画である。

森山加代子は「メロンの気持」「月影のナポリ」などヒットをとばし、急速にスターダムにのし上がってきていた。

フジテレビのドラマで森山と共演していた名もないニキビ面の少年が**坂本九**だった。

その次の取材はラジオドラマで、ＮＨＫ大阪のロング・ラン番組「お父さんはお人好し」の公開録音だった。**花菱アチャコ**がお父さん役、女房の役が**浪花千栄子**という名コンビで息のあった〝やりとり〟を聞かせた。声優たちは台本を手にマイクの前に立って台本を読むだけで、身体の演技は伴わないのだが、それでも多勢の客が詰めかけていたのには驚かされた。作者の長沖一氏が盲腸炎で入院したときは、ＮＨＫのスタッフがベッドサイドで口述筆記をしてシナリオをこしらえたという苦労話を秘めたドラマだった。関西ものの根強さはテレビの時代になっても生き続けている。

テレビの取材は、当時、内幸町にあったＮＨＫが圧倒的に多かった。人気番組「私の秘密」もその一つだった。

「事実は小説より奇なりと申しまして……」というのが、この番組のアタマに高橋圭三アナが述べる得意の〝口上〟であった。

圭三氏は東北の出身だけあって『家の光』には理解をもってくださり、度々好意あるお引き回しを受けた。奥方に登場していただいたこともある。

博識家の**渡辺紳一**氏もこの番組のレギュラーの一人で、**藤原あき**さんのことを「あのババァは出しゃばりでねェ。困ったものだよ」などと、楽屋の一隅でパイプをふかしながら毒づいていた。

連続ドラマ「若い季節」のスタジオ訪問も思い出に残る。化粧品会社を舞台にした青春ドラマで当時の人気者がズラリと出演していた。**石浜朗**、**坂本九**、**ジェリー藤尾**、**黒柳徹子**、**横山道代**、などが社員で、女社長が**淡路恵子**、出入りの板前が**渥美清**という配役であった。

淡路恵子に話を聞こうとしたら、「化粧室へいらっしゃいよ。静かでいいわ」と誘い込まれた。相手はピンカールをつけ鏡に向かってパフを使いながら、こちらの問いに答えてくれるのだが、狭い空間の中での一対一。化粧品の香りがムンムン。何やら〝悪所〟の一室に踏み入れた趣で大いにうろたえ、とても落ち着いて取材できる気分ではなかった。ビンボー・ダナオと結婚し、のち中村錦之助と再婚、さらには別居という彼女の波乱絶え間ない人生が、今なお気になるのである。

周囲から「九坊」と呼ばれて愛されていた坂本九は、リハーサルの合間を縫うようにソファへ寄りかかって仮眠をむさぼっていた。

すでに〝神風タレント〟になっていたのだった。

黒柳徹子と横山道代は、「ヤン坊・ニン坊・トン坊」以来のコンビでともに早口。黒柳に機関銃のようなスピードでしゃべりまくられた感触が耳もとに残っている。「早口は私の財産よ」と言っていたが、のち本当に財を残した。

〝泣く子も笑う〟番組

「お笑い三人組」も愉快なコメディだった。三人のなかでは**一竜斉貞鳳**（のち参議院議員）が、何かにつけてワケ知りで「家の光はたいへんな部数の雑誌なんだよ。粗末にしちゃいけないよ」と、**江戸家猫八**と**三遊亭小金馬**に言い聞かせてくれた。おかげで取材はやりやすかった。**楠トシエ**、**桜京美**らも協力してくれて、ネタになる裏話を披露してくれた。

この番組はＮＨＫホールでの公開ナマ番組で視聴者が多勢詰めかけた。

「ええ、きょうは美男子の順にごあいさつをすることになっておりまして……」と最初に小金馬がピョコンとおじぎをすると、もうそれだけでホールに笑いがどよめく。つぎに出てきた貞鳳が「舞台への投げ銭はおことわりします。当たるとケガをしますから、おサツで願います」などと冗談を飛ばす。〝泣く子も笑う〟ドラマといわれただけのことはあった。

高度経済成長初期の建設工事をドラマ仕立てにした「虹の設計」も注目を浴びていた。

このドラマに出演していた**桑野みゆき**（桑野通子の遺児）を取材したときには、そばに主役の**佐田啓二**がいた。松竹の先輩として佐田はみゆきをよくバックアップしていた。同じカメラにおさまってもらったら、その数日後に佐田は自動車事故で亡くなった。校正の段階でその旨の断り書きを入れたのを覚えている。

ＮＨＫの連続ドラマで人気のあった「事件記者」では、記者連中が取材合戦の合間を見ては顔を出す飲み屋の〝ひさご〟に記事の焦点を当てた。〝ひさご〟は血なまぐさいこのドラマのオアシスだった。女将を演ずる**坪内美詠子**は、現実の世界でも銀座の三原小路で飲み屋を経営していた。店の名がドラマの役名をとって〝おちか〟。店のつくりは、カウンターから食器棚まで全部テレビ・セットそっくりという凝りようだった。

ドラマの本番がハネたあと、役名イナちゃんの**滝田裕介**をこの店に訪ねさせカウンターで坪内美詠子と対談してもらった。当時デスクだったＩ氏と二人で取材し、尼鯛の若狭焼を食べながら話をきいた。ドラマのなかでは、イナちゃんがおちかさんの娘婿という役どころなので、心楽しい対談となった。

ＮＨＫの「歌のグランドショー」は、グラビアでとりあげた。関西の若きバレエ教師西野皓三氏が秘蔵ッ子**金井克子**の将来性に賭けて東京に乗込んできた野心のテレビ・ショーだった。ＮＨＫの近くのそば屋で天どんを食べながら西野氏と金井の意気込みのほどを聞いた。金井克子は当時、世田谷に下宿していたので、カメラマンと下宿先を訪れ、休日の克子のスナップも撮った。のち西野バレエ団からは**奈美悦子**、**由美かおる**、**岸ユキ**などのすぐれたタレントが生み出されている。

民放局では、フジテレビの「サンデー志ん朝」の取材が鮮烈だ。**古今亭志ん朝**と**谷幹一**がコンビで世相を斬る番組だったので、新年号向きに即興で「新春お笑いがるた」をつくってもらった。二人の作品のうち傑作を並べると——

「犬も飲まない脱脂粉乳」
「袖振りあったらアベック」
「僧侶のジン・ロック」
「寝耳に草加次郎」
「亭主の好きな赤ネグリジェ」
「アタマ払ってあと月賦」

などと続いて、しめくくりが、

「きょうの夢、カズノコを食べた夢」

スタジオの片隅で、二人は乗りに乗って当意即妙の秀作を連発。こちらはメモをとるのに忙しかった。

思い出の流行歌手たち

その頃（三十八年ころ）、**村田英雄**主演の「人生劇場」が、農協界がおくる初のテレビドラマとして日本テレビ系で放映された。番組提供は全購連、全販連、農林中金だった。

そのとき村田に出演の感想を聞きに行ったことがある。

画面では大きく見える村田も会ってみると案外に小柄で、「飛車角の役はわたしにぴったり。やりがいがあります」の声に風圧を感じた。それでも、腰の低い芸人さんという印象が残っている。

家の光選定歌や田園ソング（TBS全国ネット）も担当していたので、歌手の取材は数多く経験した。そのなかでも横綱級の**淡谷のり子**さんには、芸能欄よりも読物、とくに対談や座談会で、しばしばお世話になった。

初対面は新宿の音楽喫茶ラ・セーヌだった。評論家堀秀彦氏と共にヤングの悩みに答えていただく企画の下打合せだった。

淡谷さんの指示でこの店にくるように言われたのだが、実際に対面するまで胸がドキついたことを覚えている。母親ほど年上のこの大歌手に会うのに胸をときめかすのも妙な話だが、全盛時には不可思議な妖艶さを漂わせる人だった。ブルーのコスチュームにスパンコールがちりばめられ、それがミラーボールの光を受けて輝き、津軽育ちの白い肌を引き立たせていた。

淡谷さんは、ブームに乗って急に売れ出した新人歌手たちのマナーの悪さに眉をひそめ「あんなのは歌手とはいえない。歌屋ですよ」と吐き捨てるように言うのが常だった。

島倉千代子の取材はグラビアのためだった。品川の自宅を訪ねたらスラックス姿で現れ応対もテキパキとボーイッシュなのが意外だった。二階の居間に招じ入れてくれたのだが、階段をポンポンと駆け上がる活発さ。ステージでの嫋々としたムードとは裏腹だった。油絵が趣味というので、カメラマンはキャンパスに向かう彼女を撮った。

家の光選定歌のレコード制作は当時ビクターとタイアップしていたので、作曲家の**吉田正**氏がらみで取材することが多かった。昭和三十七年に**橋幸夫**と**吉永小百合**が「いつでも夢を」でレコード大賞を受賞したときには、師弟三人の座談会を企画した。

吉田正氏は戦時中、満州の前線から『家の光』に投稿し、それが入選して掲載誌が慰問袋に詰められて送られてきたときのことを懐かしそうに語っておられた。

赤坂のナイトクラブで吉田正氏のピアノ伴奏で歌をうたわされるハメになったことがある。私はそのとき吉田氏の作詞作曲による「霧子のタンゴ」をうたった。吉田氏作曲の歌のほとんどは**佐伯孝夫**氏の作詞によるものだったので、「霧子のタンゴ」は珍しい曲とされていた。

吉田門下生では**松尾和子**もグラビア取材した。「あてられます」というタイトルで夫君（バンドマスター）といっしょのところを撮影した。同じ企画で当時新婚ホヤホヤだった**長門裕之**、**南田洋子**のカップルを世田谷の自宅に訪ねた。「ひとつ仲のよろしいところを」と頼んだら、即座に二人が頬をぴったりとくっつけ合ったのには恐れ入ったものである。

レコード会社やプロダクションにとって、一六〇万部台の部数に達していた『家の光』は、もとより無視できない媒体である。プロデューサーやディレクターが新人歌手を連れて、どうぞよろしくと家の光会館にやってくることも多い時代だった。そのなかで、**三沢あけみ**、**大月みやこ**、などは大歌手に育った。三沢は長野出身で本名は宮下だったが、信州に多い「沢」の字を名乗りましてと、巧みなＰＲぶりだった。のち「島のブルース」の大ヒットでビクターのドル箱となる。

ゲタさんの教訓

歌手の取材では、当初いろいろな失敗をしでかした。当方が駆出しの頃、ＴＢＳに出演したダークダックスをグラビアでとりあげたのだが、ダークの四人の経歴についてろくに下調べせずに取材に臨んだので**ゲタさん（喜早哲）**をすっかり白けさせてしまった。「そんなことも知らずに取材に来たの？」という態度がありありで、汗だくになった。以後、芸能記事に限らず、取材の前には会う人物の下調べをする習慣をつけるように心がけた。相手が文筆家なら少なくとも近著に目を通すようにした。思えば、ありがたい〝ゲタさんの教え〟であった。

芸能記事取材の〝役得〟もいろいろある。

まず第一が、天下の美女、**山本富士子**にビールをついでもらったこと。場所は原宿駅前の中華料理店だった。といっても一対一ではなく、夫君の丈晴氏（作曲家）も同席していた。「わたしの夫婦論」の取材だった。その分、ビールのうまさも一味落ちていたのは止むをえなかった。

司葉子にはお茶を入れてもらったことがある。グラビアの取材で自宅を訪問したときである。無論、相沢英之氏と結婚するずっと前で、ほどなく巨人の**長島茂雄**選手との仲が取り沙汰された。

池内淳子を家の光協会の裏庭で撮影したこともある。その日は小雨模様で、池内はベージュのレインコートを着て来会した。六階の宿泊用日本間で和服に着替えてもらうためエレベーターに乗せた。そこへ協会の職員たちがドヤドヤと乗りあわせたが、だれも池内に気がつかない。池内が小柄なうえ目を伏せていたためである。お召しに着替え化粧をすませて再びエレベーターに乗ったら、今度は乗りあわせた者みなが注目する。そのあでやかさに吸いよせられたのだった。当時、旧館の裏庭にあった池の端にしゃがんで、蛇の目傘をさし水面を見つめるその風情。私はライトを当てる役だったが、見とれて溜息をついたことは言うまでもない。

当時、映画界はまだまだ隆盛で、東宝の砧撮影所、京都の東映太秦撮影所などを訪問した。砧では黒澤明監督の「椿三十郎」が印象深い。東宝始まって以来の大オープンセットで、撮影所近くの三ヘクタールほどの農地にみごとな宿場町が再現。物語が上州という設定なので、名物の空っ風を起こすため大形扇風機を回した。人造の砂ぼこりで、こちらのスーツもキナ粉をまぶしたようになった。黒澤監督はNGが多いので待機組の待ち時間も長い。ほこり除けのテントの中でラーメンを食べていた**加東大介**、**志村喬**、**山茶花究**などの〝いぶし銀〟役者に出演の感想を聞いたのも懐かしい思い出である。

〝健全娯楽〟の運び屋として

農協婦人部員の募金による映画「荷車の歌」で主役を演じた**望月優子**さんには西荻窪のお宅へインタビューに参上したことがある。「女性も政治に目覚めなければいけない」と柔和な笑顔で弁じられた。映画の中の厳しいお顔とは異なるソフトムードであった。

昭和三十七年新年号企画「青春スター・お正月対談」は赤坂の灘万で催した。東映が**梅宮辰夫**、日活が**笹森礼子**、大映が**高野通子**、松竹は**鰐淵晴子**といった顔ぶれで、鰐淵に西洋人の母親が〝保護者〟としてついてきたのには驚かされた。梅宮も当時はキリリと引き締まった好青年だった。

昭和三十七年のパ・リーグ開幕戦は神宮球場での東映対大毎（大映系）だった。東映の女優**本間千代子**、大映の女優**三条魔子**の「スタンド応援合戦」という企画を立て、私は西荻窪松南の本間の家にハイヤーで出迎えに行った。立教女学院を出たばかりの本間は当時なかなかの人気者。のち歌手の守屋浩と結婚した。

入江たか子、**入江若葉**の母娘とは銀座の風月堂で会った。親子二代芸談を狙った企画で若葉は思い切りママに甘えながらも、さすがに芸魂の確かさを感じさせた。俳優の**金子信雄**とクレージーキャッツの**石橋エータロー**には「男子厨房に入る」の弁を語り合ってもらった。男性クッキングの走りで場所は皇居前のプリンスホテルだった。

歌謡界の大御所**古賀政男**氏とＮＨＫの**宮田輝**アナウンサーの〝大物対談〟も同じホテルで催した。「歌は心で唄うもの」とのタイトルであった。チョビひげを震わせながらも語る古賀先生は意外にも声や仕草が女性的で、あれほどの大家なのに威張った素振りがカケラほどもなく丁寧で腰が低かった。**ザ・ピーナッツ**とはＮＨＫのスタジオで、**梓みちよ**、**中尾ミエ**にはＴＳＢのスタジオでインタビュー。**園まり**は渋谷駅前の花き店で撮影。**畠山みどり**とは福島県勿来への巡業に同行取材した。気さくな人柄に好感が持てた。好感と言えば「愛と死を見つめて」でレコード大賞を受賞した**青山和子**が抜群であった。「マコ甘えてばかりでごめんね」で始まる哀感の籠った歌を絶唱する青山は、楽屋では記者サービスの気配り充分な歌手だった。

新川二郎、**西郷輝彦**、**井沢八郎**には旅先での〝怪談〟を聞いた。巡業で泊まる旅館には結構曰くつきの宿があったようで、背筋の凍る話を大衆誌向けにアレンジして収めたものである。**ディック・ミネ**には佐藤愛子さんと対談していただいた。「歌も女も生涯現役」と万年プレーボーイの雰囲気十分だった。

七年間にわたる芸能取材は、私なりにやり甲斐のある仕事であった。農村の読者大衆に〝健全娯楽〟をお届けするという使命感に似たものを昭和三〇年代の一雑誌記者は、それなりにわきまえていたように思う。

〈2〉「ああ上野駅」誕生秘話

『家の光』の読者が作詞した歌を、一流歌手の美声に乗せる夢の企画——というキャッチフレーズで、「田園ソング」が全国のラジオ電波にオンエアされたのは、昭和三十六年八月のことだった。このユニークな音楽番組は四四年三月まで続いた。キイ局はＴＢＳ。民放一九局ネットの全国放送だった。

この企画は、当時の『家の光』の大判化（Ａ５判からＢ５判）と結びついた形で生み出された。ときの編集担当常務（編集主幹）の桜井弘氏は大判化をきっかけに何とかして四色オフセットの派手な広告ページを誌面に加えたいと考えていた。

そこへ現れ出たのが、その頃発足して間もない三宝通信という広告エージェントの女性社長、八坂有利子さんだった。当時まだ三〇代の半ば。いわゆる「女の細腕」ながら、八坂さんは男勝りの行動派でもあり、編集主幹室に〝直撃〟を試みたのだった。桜井主幹には「モーちゃん」というニックネームがつけられていたので、編集局のワルたちは主幹室を「ウシ小屋」と呼んでいた。そのウシ小屋に突入した八坂社長は、つぎのような企画を持ち込んだのである。

一、『家の光』の誌面で「田園ソング」の歌詞を広く読者から募集する。

二、入選作を一流作詞家に作曲してもらい、花形歌手に歌わせて、TBS系ラジオで全国放送するとともに、歌詞と楽譜と歌手の写真を『家の光』に掲載する。

三、ラジオ番組と『家の光』広告記事のスポンサーは三菱重工とし、三宝通信がエージェントを担当する。

そのアイデアの卓抜さもあることながら、八坂社長の熱意にも桜井主幹は大きく揺さぶられた。熱意に加えて、三〇代の女性がかもし出す色香に、まったく動じないほど桜井さんがカタブツであったかどうか。

せんさくはともかく、この企画はついに実現し、他ならぬ私が編集担当を命じられたのである。TBS、三菱、三宝、家の光協会の四者で準備の会合を重ね、誌面で歌詞募集をしたところ、応募作品がワンサと殺到した。高度経済成長初期の農村の世相を歌い込んだ作品が多かった。

第一回放送は「思い出ふるさと」で、**島倉千代子**の歌、船村徹氏の作曲だった。第三回は「みんなの重役」、歌が**坂本九**で作曲はもちろん中村八大氏である。**こまどり姉妹**が歌った「春よ来うい」と呼んでみた」の作曲は古賀政男氏だったし、**吉永小百合**の「雪坊主」は吉田正氏の作曲であった。大ヒットしたのは**舟木一夫**の「ああ青春の胸の血は」、**村田英雄**の「皆の衆」、それに**井沢**

八郎の「ああ上野駅」などであった。「ああ上野駅」は埼玉県の関口義明さんの応募作であった。担当者の私は応募歌詞を開封し作品と封筒をホッチキスでとめて、選者である西條八十、サトウハチローの両先生にお届けし、審査会を設営していた。

その開封作業の際「ああ上野駅」のタイトルに目がとまり、歌詞を一読してこれはイケると直感的に思った。当時盛んであった集団就職が唄い込まれ、上京した若者の心意気が溢れる歌詞だったので、課長のI氏に見せたところ「これはきっと入選するぜ」とI課長も唸った。

予感どおり西條、サトウ両先生の強い推挙で青森県の農家生まれの新進歌手井沢八郎がこの歌を唄い、大ヒットした。〽どこかに故郷の香りを乗せて入る列車のなつかしさ…就職列車に揺られて着いた上野は「おいらの心の駅だ」と唄う井沢の歌は視聴者の胸を揺さぶった。井沢が歌うと「ウイヌはおいらの心のイギだ」と聞こえ、東北人らしい素朴な味が聞く人の胸を打ったのである。早速、井沢を上野駅に連れて行き駅長の斎藤純三さんとの対談も実現させた。

「ああ上野駅」の作詞者である埼玉県の関口義明さんとは、平成十二年二月に東京・中野サンプラザで開催された全国家の光大会でお会いすることができた。

〈3〉わが心の寅次郎・渥美清さん

国民的喜劇役者であった渥美清さんには、昭和三十七年の晩秋、お会いしたことがある。NHK連続ドラマ「若い季節」に渥美さんは板前の平吉の役で出演していた。新婚間もないOLミチヨ（横山道代）を陰ながら恋い慕う片思いの役で、新郎（ジェリー藤尾）とウマの合わない新婦を板前平吉は慰め励ますのである。

「ようござんす。平吉は、お嬢さん、おっと奥さんの味方ですぜ」

台本片手の立ち稽古とはいえ、渥美さんの演技は、もうすっかり芝居になっていた。

その立ち稽古のあとの休憩時間に、スタジオ隅のソファに横並びとなって渥美さんに感想をたずねた。

――片思いの役は、なかなかイタについていますね。

「エッヘッへ、ぼくの役の平吉てえのは実に単純な男なんです。ホン（台本）読んでるってえと、こっちまでいじらしくなっちゃってね」

このスタジオ訪問記事のイントロ（導入部）で、渥美さんのことを「のっそりと、しかしやる気充分に例の〝親愛なる〟顔をのぞかせる」と私は表現している。昭和三十七年といえば、渥美さんはまだそれほど売れた俳優ではなかった。それでも「例の親愛なる顔」と書いたところをみると、かなりポピュラーなタレントになりかけていたはずである。

「男はつらいよ」が始まったのが昭和四十四年八月だから、「寅さん」映画のスタートより七年前の取材であった。

そのときの渥美さんの印象は、静かで控えめな俳優というイメージであった。決してチャカチャカしたお笑いタレントという風ではなかった。あれだけ国民的な人気を集めた寅さんのユニークな立ち居振る舞いは、あくまで創り出された演技であり、渥美さんの「地」とは大違いであったことがわかる。

映画「男はつらいよ」を初めて見たのは昭和四十六年の暮れ。映画館は旅先の山口県小郡町であった。

山口市郊外の奥湯田温泉にある系統宿泊施設ビラ・プリンスで全国農協青年協議会の役員会が開かれていて、『地上』の編集上参考になる議題が討議されたので、その傍聴と普及協力依頼のため出張し、帰京の夜行列車に乗るまでの時間つぶしに小郡駅前の映画館で偶々見たのが第八作の「寅次郎恋歌」だった。マドンナは池内淳子であった。

池内には、その前にグラビア取材で会ったことがある。これまた内気で控えめな女優なので、どんな演技をするかと見ていたら、寅さんの陽気なムードに合わせて結構〝乗り〟の良いマドンナ役をこなしていた。

以来四半世紀、「寅さん」の心温まるほのぼの演技に魅かれて二十作ほどこのシリーズを見ている。自分では、あの偉大なるマンネリズムにたっぷりと浸ってよく見たものだと思っていたが、全四十八作と聞いて、全作品の半分も見ていないことに気づき茫然とした。そして、松竹や山田洋次監督、それに〝寅さんファミリー〟の息の長い結束にも改めて感服した。それもこれも、「東洋のチャップリン」とまで賞賛される渥美清さんの超大衆的な演技力の賜物であり、日本人の笑いとペーソスを存分に搾り出した山田監督の並々ならぬ手腕の所産でもある。

これほどまでに私は〝寅さん映画〟に魅せられたため、映画の主題歌や寅さんが大道香具師として弁ずる口上をいつの間にか空んずるほどになった。そこで、その一端をここに記してみると

―――

〈主題歌〉

〽俺がいたんじゃお嫁に行けぬ
　わかっちゃいるんだ妹よ（以下略）

〽どぶに落ちても根のある奴は

いつかは蓮（はちす）の花と咲く（以下略）

〈口上〉

◆四谷、赤坂、麹町、チャラチャラ流れるお茶の水、粋な姐ちゃん立ち小便、白く咲いたか百合の花、四角四面の豆腐屋の娘、色は白いが水臭い。

◆ヤケのヤンパチ日焼けのナスビ、色が黒くて食いつきたいが、わたしゃ入れ歯で歯が立たないよ。

◆大したもんだよカエルのションベン、見上げたもんだよ屋根屋のふんどし。

鎮守の森の神社の祭り、あるいはお寺の縁日にいずこからともなくやってくる大道芸人や香具師たち。そして祭りが終わると何処かへと消えていく男たちに郷愁を感じる人は少なくないだろう。寅さんはそういう渡世人の世界を、立て板に水の口上でもって見事に表現していた。

戦後の焼跡闇市でも、さまざまなバイ人が思い思いの口上を述べて、いかがわしい品物を客に買わせたものだ。戦中戦後の中学生で焼跡闇市派の端くれだった私は、こうした叩き売りの口上に興味を抱き、暗記するまで店頭から離れないことも屢々だった。それだけに寅さんの渡世人言葉にも魅かれるものがあり、それを宴席でのオハコにした時期もあった。

渥美清さんは戦後の浅草のストリップ小屋で稼業人の口調を身につけており、その流れるような台詞も私にとっては、とてつもなく懐かしい。

「おれとお前は別の人間だ。早えー話が、おれがイモを食えば、テメエの屍から屁が出るか」

「結構毛だらけ、ネコ灰だらけ、お尻のまわりはクソだらけ」

「そいつを言っちゃあ、おしめえよ」

といった案配である。

映画の主題歌の出だしの部分は、当初は、〽どうせおいらはヤクザな兄貴……だったが、その筋の方面からクレームが出て、前記のとおりに変更したという松竹側の裏話もある。とにかくこの四半世紀というもの、盆と正月には、「労働者諸君」「貧乏人諸君」の一人として、寅さん映画「男はつらいよ」を存分に楽しむことができた。ぶらりと気ままな旅に出かける寅さんは、管理社会の中でガンジガラメになっている多くのサラリーマンの代償行為をやって、彼らの欲求不満の解消に一役買った。毎度の片思い――失恋を繰り返す寅さんストーリーによって、数多くのモテない男女の胸の傷も癒された。言ってみれば寅さんは「一般大衆」の偉大なるカタルシス（精神浄化）の請負人であったわけである。合掌。

〈4〉今は昔の芸能取材

平成六年一〇月、福島の浜通り、原ノ町に講演に出かけた。列車が勿来《なこそ》駅を通過したとき、懐しい思い出が甦った。三〇年も昔、勿来小学校の講堂でワンマンショーに出た**畠山みどり**と同行した取材のことを想起したのだった。

「恋は神代の昔から」を畠山は真紅の袴の巫女さんスタイルで唄いまくったものだ。

このような地方公演まで丹念にフォローしたものだが、当時の『家の光』は、六〇万部という大部数を維持していたので、芸能プロダクションからの売り込み攻勢も激烈を極め、とくに**吉田正**氏との繋がりが深かったことからビクターの来訪は頻繁だった。ビクター芸能の営業部員が新人だった**三沢あけみ**を同伴して家の光会館に来たこともあった。

三沢はなかなかに礼儀正しく、父親の郷里が長野県ということで、ぜひ信州のファンにアピールしたいと決意のほどを語ったりした。のち彼女は、「島のブルース」の大ヒットでスターダム入りする。

いまや妖艶な唄いぶりで人気を集める**大月みやこ**も、まだ新人のころ引き合わされている。和服は似合っていたが、地味で控えめで、のちあれほどの盛名を馳せるとは想像もつかなかった。

村田英雄の所属する新栄プロも売り込みには熱心で、まだ無名だった**山田太郎**、**新川二郎**、**北島三郎**をセットでPRにやってきた。芸名もセットで覚えやすいように工夫してあった。

あまりの熱心さに引きずり込まれて、グラビアや座談会の企画をつくり、親分の村田英雄さんの手前、できるだけ大きな記事の扱いをしてあげた。今思うと、夢のような話である。

昭和三十七年のレコード大賞を「いつでも夢を」が受賞したときは、「わが弟子を語る」の企画で師匠の吉田正氏に、**橋幸夫・吉永小百合**の二人を「いずれモノになるでしょう」などと語ってもらった。

これも夢幻の昔語りである。

〈5〉徳川夢声翁の好奇心

駆け出し記者の頃、徳川夢声翁を二度担当したことが良き思い出となっている。

初対面は昭和天皇が還暦を迎えられた昭和三十六年の四月号で、天皇の御日常を入江侍従に聞く企画を立て、徳川夢声翁に「聞き手」の役をお願いしたのだった。

荻窪駅近くの青梅街道沿いのお宅にハイヤーでお迎えにいったのだが、車中、夢声翁はダンマリを決め込んでおられた。こんな不機嫌で〝本番〟はどうなることかと不安に思っていたが、会場の紀尾井町・福田家に着き、入江相政侍従と顔を会わせるや、お互いにヤアヤアと呼吸の合ったところを見せた。

夢声翁は〝天皇猫舌説〟にこだわって、しきりに皇居での食事のことを問いただした。お吸い物はお好きか、鍋物はどうですと、大いに好奇心を燃やされた。要するに皇居にはお毒見役が何人もいて、宮中の廊下も長いので料理が冷えてしまうと翁は睨んでの熱烈取材であったのだ。

陛下の幼少時のエピソードとしては、面白い話が聞けた。熱海に御用邸があった頃、裏のミカン山で鬼ごっこをしていたら、ミカン畑のおやじさんに「コラッ」と怒鳴られて、びっくりしてお逃げになった話は、夢声翁も喜ばれた。ミカン畑のおやじは、まさか皇孫とは知らず大声をあげたというのである。

昭和三十八年の付録「家庭の医学」を編集したときは、知名人から「わたしの健康法」を取材し、夢声翁のお宅をも訪ねた。こんな話を聞かせていただいた。

「疲れをとるには風呂が一番ですな。私などは小原庄助さん並みに朝風呂はずっと欠かしません。家に閉じこもって原稿をかくときは机の脇にふとんを敷いておいて、疲れたらほんのちょっとでも横になります。年をとると足がきかなくなる人が多いので、私はなるべく歩くように心がけています」

石垣純二医師に寸評をお願いしたら、入浴、横臥、歩行ともに立派な健康法と賞賛されている。

〈6〉森繁久彌さんと杏子夫人

日本ペンクラブの例会に長老の森繁久弥さんが出席されるときは、司会者は必ず森繁さんにスピーチを促す。すると判で押したように、こうのたまうのである。

「近ごろは足が弱ってきまして、両足だけでなく真ん中の足のほうも、どうもいけません」

いつもの台詞ながら会員たちはドッと沸く。森繁さん独特の雰囲気と巧みな話術のためである。そして私は、この人に先立って逝かれた杏子夫人のことも想起するのである。

杏子夫人に座談会にご出席頂いたのは昭和三十六年秋。タイトルは「人気者を亭主にもてば」で、栃錦夫人の中田勝子さん、高橋圭三アナ夫人の靖子さんも出席され、司会は漫画家の西川辰巳氏にお願いした。

杏子夫人へのハイヤーでの出迎えは私が担当し、車内では夫人がライシャワー夫人のハルさんと東京女子大の同級生であることなどを語っておられた。

座談会での杏子夫人のお話もウィットに富んでいて興味深かった。

亭主の浮気の話になると夫人は「女房が妬くほど亭主もてもせず、って言うじゃないですか。まあ何かの調子で女性の手ぐらいは握ってくることもありましょうが」と巧みにイナしておられた。

「役者ですからサービス精神は旺盛ですが、やはり人間ですから朝から晩までというわけにはいかず、ゆるむ時がわが家なんでしょうね。少しの時間も有効に使ってうるさい人ですの。でも空腹を言われる前に、ははあ今日はビフテキ的環境だとか、漬け物的環境だとか、おナカのなかの虫の声を察知すればいいんですよ。」と一笑。司会者が「ヨットをお買いになったり、やることが大きいですな」と話を振ると「確かにヨットは高い買い物ですが、それで家族みんなが楽しめるならと賛成しました。」「森繁さんの思いやりが伺えますね」には「大変善意に解釈して頂いて主人になり代わりましてお礼を申しあげます」と、土俵際の身のこなしが絶妙だった。

〈7〉淡谷のり子さんの言葉

『家の光』の駆け出し記者の頃、何かにつけて誌面にご登場いただいた芸能人の一人に淡谷のり子さんがおられた。昭和三十年代のことだから、お色気ムンムンの熟女ぶりであった。（当時の記事に掲載された写真を今見ると、なかなかに〝いい女〟である）

淡谷さんに最初にご登場いただいたのは、昭和三十七年九月号であった。一六歳の娘さんから「誌上相談室」宛に「最近人間は何のために生きているのか、ということがわからなくなりました。わかるのは、人間なんてつまらないものだということです……」という投書がきた。この投書を素材にして人生問題評論家の堀秀彦氏と淡谷のり子さんに対談をお願いしたのだった。場所は四谷の福田家だった。お二人のお話からタイトルは「きみ焦ることなかれ」に決めた。

「人間て、いつだって、なんのために生きているんだかわからない、と思いながら生きているんじゃないかしら。つまらないと思い込めば、つまらなくなるものよ」と、淡谷さん。

「でもね。歳をとってからの〝つまらなさ〟は救い難いけど、この娘さんくらいの〝つまらなさ〟はきっと何かでつまりますよ（笑い）。突然やさしい恋人でもできたりすると、つまってつまって大変ですよ」

淡谷さんの言葉は、いつも明解であった。ご自身の苦労から滲み出たエキスが簡潔な言葉に集約されていた。

ある座談会では、こんなことも言われた。「わたしたちの商売でも〝ギャラいただきたいんですが〟って言うより〝すみません、ゼニコ下さい〟といった方が柔らかに事が運びます。ギスギスしなくていいの（笑い）」

郷里青森の言葉を適切に使われるのも、さすがである。昭和の末期、厚生年金ホールで、淡谷さんのシャンソンを感慨深く聴いた。幾分脚が弱くなられたが、お声にはなお往年の艶があった。

〈８〉腰は低いが〝風圧の人〟村田英雄さん

昭和三十八年頃、農協界がおくる初のテレビドラマ「人生劇場」が日本テレビ系で放映された。番組提供は全購連、農林中金だった。そのとき主演の村田英雄さんに出演の感想を聞きに行ったことがある。場所は新橋の新栄プロダクションだった。

画面では大きく見える村田さんも、会ってみると案外に小柄で「飛車角の役はわたしにぴったり。やりがいがあります」の声に風圧を感じた。それでも腰の低い応対ぶりに好感が持てた。その後、三菱重工提供のＴＳＢラジオ番組「田園ソング」でも、村田さんは「皆の衆」を唄って、これも大ヒットとなった。田園ソングは家の光協会が三宝通信の協力で掲載権をもっていた全国ネットの企画で、担当の私も大いに面目をほどこした。

平成四年の秋、およそ四半世紀ぶりに村田さんにお会いした。場所は六本木の全日空ホテル。『家の光』連載コラム「心に残るふるさとの味」の取材のためだった。「皆の衆」のときの担当者です。お久しぶりです――と私が言ったら「懐かしいですなあ。あの頃はお互いに若かった」と、村田さんは頬をほころばす。風雪に耐えてきた〝男の顔〟に、惚れ直す機会となった。村田さんが語ってくれた「ふるさとの味」は、郷里佐賀県相知町に伝わる〝たっこめし〟についてであった青年団の若衆がお祭りのときに炊く混ぜごはんのことで、かしわ（鶏肉）とゴボウとニンジンを細かく刻んでコメと混ぜ、醤油味にして五右衛門風呂のような大きな釜で炊くのだという。

「今でも帰郷すると、友人にせがんで、作ってもらいます。食べてみて、ああ郷里に帰ってきたなあと、しみじみ思うのです」と、村田さん。

「松浦川が玄海灘に注ぐ地点なので、波が荒い。そういう場所の魚もうまいのです。手長エビは最高ですよ」と、男の中の男、演歌の王将は豪快に笑った。

〈9〉温顔懐かし宮田輝さん

ＮＨＫの名物アナウンサーとして一時代を築いた宮田輝氏には二度、対談にご出席頂いた。

一度目は作曲家の古賀政男氏との対談で、タイトルは「唄は楽しく唄うもの」。二十年余りにわたって〝のど自慢〟の司会を続けられた宮田氏は、いろいろと陰の苦労話を語って下さった。

「私は駅へ着いて、すぐそこから会場へ向かうということはしていません。その前に町を歩きまして、その土地の気分というものを多少とも知っておきます。そうしないと、出演者の方々の歌も生きません」。

「当初のうちは、歌い終わった人に何か聞こうと思っても、たいてい逃げられちゃったものです。しかし今では、こちらが別に聞こうと思わなくても、歌い終わってマイクの前を動かないですからね（笑）」。

二度目のときは、既に参議院議員になられていた。お相手は「酒」の編集長の佐々木久子さんであった。場所は紀尾井町の福田家。タイトルは「旅とお酒と人情と……」だった。お二人の意見が一致したのは、酒と地理学。九州の延岡と熊本を結んだ線の南では、もう日本酒はだめで焼酎でないといけない、という〝日本酒南限論〟には、さすがに旅を重ねて来られたお二方の実感が籠っていた。

宮田さんの永年にわたる旅で「べらぼうにうまかった」のが岩手県二戸のヒッツミだったという。地でとれた小麦の粉でこねたスイトンなのだが「腰の強さは天下一品」とか。ムッとしたのは八丈島で「おめえ、どっからおじゃった?」と言われたこと。しかしよく聞いたら「おめえ」とは土地では最高の言葉で「御前さま」の意である由。

「このような意外性の発見が旅のこたえられない魅力ですよ」と、宮田さんは頬笑まれた。「おバンです。」と気楽に聴衆に声をかけて、八の字眉を開かれるテルさんの温顔がたまらなく懐かしい。

〈10〉華麗なる女優二代

平成七年十一月、入江若葉さんから招待状を頂いて深川小劇場へ出かけた。江戸組第九回公演で、第一部が昭和八年制作の映画「滝の白糸」の上映、第二部が演劇「忠臣蔵外伝」であった。「滝の白糸」の主演女優が若葉さんの母堂、入江たか子さんである。相手役の岡田時彦と演ずる悲恋物語は「活動弁士」沢登翠さんの熱演もあって、さすがに心打たれる作品であった。

休憩のあと演劇の開幕となったが、舞台に出てきた若葉さんを見て思わず唸った。先ほどまで見入った入江たか子さんの若き日の残像がそのまま生き写しのように重なったからである。〈やはり母娘の血筋だ〉との深い感銘が押し寄せた。

昭和三十九年四月号の『家の光』で、私はこのお二人にお会いしている。水谷八重子―良重、夏川静枝―かほると共に〝母娘二代〟女優を誌面にとりあげる企画でタイトルは「お母さんと私」であった。

娘から見た母親の実像に主眼を当てたのである。

入江さん母娘には同僚のY記者と共に銀座の風月堂でお会いした。お二人の周辺には春風がそよいでいる感じであった。

「私が女優になることを母はあまり賛成してくれませんでした。普通のOLにさせたかったようです。内田吐夢先生の強いおすすめで一本だけということで『宮本武蔵』のお通の役をお引き受けしたのがきっかけとなりました」

「母は私の演技について、ほとんど口出ししません。演技とは自然に出てくるもので、初めからあまりいろんなことを言うと、演技が悪く固まって、いじけてしまう――というのが母の考えのようです」

平成六年に、深川小劇場で第八回公演「売色鴨南蛮」を観劇したとき、若葉さんに久しぶりにお目にかかり挨拶をした。そのあと、この三〇年近く前のコピーをお送りしたところ、今回は招待状を送って下さったのである。清々しく艶やかな若葉さんの演技に陶酔した深川の一夜であった。

〈11〉悲劇のヒロインお千代ちゃん

島倉千代子さんに初めてお会いしたのは、『家の光』昭和三十六年九月号の取材のときだった。この号を期して大判化することになり、連載を開始した「田園ソング」の幕開けで、お千代ちゃんは「思い出ふるさと」を吹きこんだ。

TBSラジオに三菱重工が全国ネットの「田園ソング」を提供し、その歌詞を『家の光』が読者から一般募集をしたのだった。

「つんつんつばなの咲く丘で、一緒に遊んだかくれんぼ……」小松定徳さんが作詞した歌詞に船村徹氏が曲をつけた。

本誌では、この企画の〝景気づけ〟というか、〝援護射撃〟として、お千代ちゃんをグラビアにも登場させた。題して「わたしのレジャー」。O写真部長と共に品川の島倉邸を訪ねた。

当時二十三歳の彼女はスラックス姿で我々を出迎え、「どうぞッ」と二階へトントン駆け上がる。受け答えも仕草も極めてボーイッシュであった。ステージでの泣き崩れんばかりの嫋々たるサマは〈あれは虚像であったのか〉と私は気付かされ気落ちした。

お千代ちゃんのレジャーの楽しみは油絵で、信州・塩尻峠のスケッチに油彩を加えていた。「キャンバスに向かうと気持がなごみますわ」と、これまたテキパキと答える。

確かに、「からたち日記」や「りんどう峠」を唄った頃のステージ姿は、哀調を〝売り〟にしていたが、やがて悲痛な現実が虚像を追いかけ、虚像と実像が重なっていった。

阪神タイガースのスラッガー藤本勝巳選手や医師との離婚。実姉による財産権の侵害、そして乳ガンと、非運が次々に押し寄せて、お千代ちゃんは名実とともに薄幸のヒロインに変わっていく。

そんなムードにぴったりの「人生いろいろ」を唄う彼女を見ていると、当方の眠っていた芸能記者の〝血〟が騒ぐのである。

〈12〉ほのぼのメイコさん

女優の中村メイコさんとは何度かお会いしている。メイコさんは少女時代、雑誌「ひまわり」への詩の投稿の常連で、選者の竹内てるよさんとの師弟対談を九段の料亭で開いたとき、竹内さんはこういわれた。

「ああ懐かしいわあ。あの入選三羽烏。正田美智子さん（いまの皇后陛下）は字も内容も理知的でしたよ、作品自体に品格があって。棟方志功さんのお嬢さんは絵具箱をひっくり返したような賑やかな詩だった。メイコちゃんの書く詩は本当に楽しいのね。それぞれあの頃のあなた方の個性と歴史があった。だからわたし、ああ、日本は戦争に敗けて何もかも失ったけれど、瓦礫の下の土をかわいい指先で一生懸命掘っている子たちがいるんだなあと、フッと涙がこぼれたことがあったわ」

メイコさんも涙ぐみ「先生は〝メイコちゃん、あなたの詩は個性的で面白くって、いつも新しい表現方法があります〟と選評を書いて下さるの。それがとっても嬉しくって、先生の暖かい体温に触れたな気がして…」と、少女時代に返ったように思いきり甘えた。

作家の佐藤愛子さんとの対談では、メイコさんは、〝突っ張り少女〟の危うさについて憂いておられた。愛子さんもメイコさんもご息女をもつ母親の立場に共通点が通う、ほのぼのとしたママ対談となった。

四年ほど前「心に残るふるさとの味」に登場して頂いた時は、談話をメモしながら一驚した。東京生まれの東京育ちというメイコさんには〝田舎〟というものがない。二歳のときから撮影所通いの幼児だったので「ふるさとの味」は銀座のコロンパンのお菓子類がほとんどと言われる。ナッツの入ったチョコレート、バニラのアイスクリームなどが懐かしいとのこと。わずかに祖母が撮影所に〝差し入れ〟してくれるトウモロコシとジャガイモが土との繋がりというメイコさんの幼女時代に当方の胸が痛んだ。

〈13〉緒形拳さんにまつわる楽屋話

新橋演舞場で「大菩薩峠」を見た。主人公の机龍之助の役は新国劇出身の緒形拳が演じた。ニヒルでクールな剣士の役を見事に演じていた。

緒形拳に初めて会ったのは昭和三十九年。師匠の辰巳柳太郎との〝師弟対談〟を皇居前のパレスホテルで取材した。師匠の方は豪放磊落。弟子の緒形は礼儀正しくサバサバした好青年という印象であった。

師匠の辰巳が「こいつは、おれの悪いところばかり似やがって。食い物から下着まで似てくるし、女にだらしないところも…」と言いかけると、緒形は「そこだけは先生を見習いませんよ」とやり返す。辰巳は「この野郎ッ、ハハハッ」と笑いとばす。何とも男くさい対談となった。

二度目の取材は昭和四十二年一一月号。NHK連続ドラマ「太閤記」で豊臣秀吉を演じた緒形が、今度は一転して同じHHKドラマの「源義経」で弁慶の役につくことになった。その心境と役づくりの苦心談を聞くためにHNKを訪問したのだった。

「弁慶の役は、役者としての夢でした。一生に一度は、やってみたいものだと憧れていました」という緒形の言葉を受けて、付き添っていたＨＮＫの吉田直哉ディレクターが、意外なことを言った。

「緒形くんの起用はＮＨＫにとって大変な冒険です。年末の最終回に秀吉が息を引きとる場面をやり、一週間後には弁慶として出てくるのですからね。実は、小・中学生からの投書で〝豊臣秀吉といえば緒形さんの顔が目に浮かびます〟というのが多かった。一年間のドラマで秀吉のイメージがすっかり焼きついている。これじゃいけない。あれはあくまでお芝居なんだということを学童たちにわかってもらうため、あえて緒形くんに、ガラッと違った役をやってもらい、芝居を見る目を養ってもらいたいと考えたのです。」

その後、今は亡き緒形拳の映像を見る度に、あの吉田直哉氏の楽屋話を思い出すのである。

〈14〉司　葉子さんとのご縁

天下の美女からビールをついでもらった経験がある。山本富士子さんである。しかしながら残念なことに、その脇には夫君の山本丈晴氏（作曲家）が座っていた。「わたしの夫婦論」の取材であったから当然の話である。

もう一人、天下の美女からお茶を入れてもらったこともある。司葉子さんで、まだ独身であった。昭和三十六年の秋。下目黒に住んでいた司さんの家の応接間であった。グラビアの取材だったのでカメラマンも同行していた。

司葉子さんはその後大蔵官僚の相沢英之氏と結婚。相沢氏は事務次官から代議士になられた。葉子さんも代議士夫人として鳥取の選挙区では内助の功を発揮され話題となった。

その相沢代議士の秘書を務めていた川上義博氏（現・参院議員）から電話があり、コメ問題についての出講を依頼された。おそらくは在京の鳥取県関係者、つまりは後援会の集まりだろうと、こちらは勝手に推測しお引き受けした。

赤坂の高級料理店「佳境亭」が会場であった。参上したところ、参加者の顔触れに一驚した。大蔵、外務、農水、厚生といった各省の局次長、課長クラスがズラリ。そのうえ、美しい女流ピアニストや青年経営者の人々も多数出席し、いささか上気の態であった。しかも大蔵省からは主計局次長（当時）の武藤敏郎氏（のち日銀副総裁）が出ておられたので、氏を前に農水予算について述べるハメとなり、大いに汗をかいた。

この会合は「グルッペ21」と言って、二一世紀を見据えての政官財各界や学術界の勉強会であった。会員のなかには東大名誉教授で美術史家の高階秀爾氏もおられ、パリ印象派展の解説を拝聴し優待券をいただいた。

長野五輪のポスターを描かれた東京芸大教授の絹谷幸二氏、林野庁長官（当時）の山本徹氏もこのグルッペの会員であった。

こうした人々の意欲的な学習精神に、私も大きな刺激を受け、発奮材料をいただいたものだ。

〈15〉さわやか岸ユキさん

女優でありマルチタレントの岸ユキさんとは雑誌やテレビの仕事を通じて大変お世話になった。雑誌では『地上』の編集長当時、作家の三好京三氏との対談に出席していただいた。

新年号であったのでタイトルは「しみじみ話そう日本の冬」。岩手県在住の三好氏が東北の冬の情趣を語られたのに対し、芦屋育ちの岸さんは灘の生一本や神戸牛、「きずし」など、関西のグルメの楽しさを話してくださった。

テレビ番組では「岸ユキの味な話」（フジテレビ系）、「岸ユキのふるさとホットライン」（テレビ東京系）などに出演していただき、各週番組だったので、日本列島の北から南まで各地の農村を訪ね、取材のキャリアを積まれた。まさにアグリ・タレントであり、堂に入ったアグリ・キャスターである。

年末か年始には家の光熱海寮で番組スタッフの〝反省会〟を催すのが通例で、岸さんはマヒナ・スターズの「東京ナイトクラブ」をもじって「農協ないと困る」をユーモラスに唄う。農家にとって農協はないと困るほどの存在であることを幾多の取材経験から感じとっておられるのである。

偶々昭和の最後の日、熱海寮で新年会を催し、昭和天皇ご逝去の報道をスタッフ一同で朝食をとりながら知った。何とも印象深い朝のひとときとなった。

岸さんは西野バレエ団所属のバレリーナでもあり、TBSの連続ドラマ「サインはV」では、ユニホーム姿もさわやかにバレーボールの選手を演じた。幼少時から絵画も勉強され、新美術協会の会員として油絵の個展を開催したり、美術雑誌「一枚の絵」などに寄稿もされている。筆マメなお方で、自作印刷の絵葉書を旅行先から何回も送っていただいた。

拙著「農と風土と作家たち」（角川書店）の出版記念会にも岸さんは駆けつけてくださり、お心のこもった祝辞をいただいた。

〈16〉「心に残るふるさとの味」雑記

平成二年から五年までのマル三年間、編集委員として『家の光』連載コラム「心に残るふるさとの味」を担当した。これは農林中金の提供による広告形式の企画であった。と言っても純然たる広告ではなく、記事の中身はエッセイ風のコラムというパブリシティ形式の欄であった。末尾に「くらしに力を農協貯金・農協／信連／農林中金」の判下が三つ葉のクローバ印と共に印刷されていることで、そうと判る実に控えめなクライアント（広告主）であった。

字数は八〇〇字。芸能人やスポーツマンには直接お会いしてメモを取り、当方でまとめた。

芦田伸介さんとは、芝白金台のご自宅でお会いした。超高級マンションの八階か九階であった。深深としたジュウタンに据えられたソファに座ってのインタビューであった。大人はペルシャネコにまといつかれながら紅茶を入れて下さった。松江育ちの芦田さんは、遠くを見やる目つきで、中海の赤貝、宍道湖の白魚、隠岐ノ島の干しカレイなどの思い出話を語ってくれた。ドラマ「七人の刑事」などで聞き慣れた、あの味わい深い低音に魅せられた。

「毎年、春先になると私には心待ちにしている楽しみがあるんですよ。郷里の松江から赤貝と白魚の佃煮が届くんです」と、懐かしそうに語る芦田さんを前に、私も何かドラマの中に誘い込まれたような高揚感を覚えたものである。

コメディアンの**大村崑**さんとは二番町の日本テレビでお会いした。スタジオの脇の喫茶室であった。幼い頃、船場生まれの母親が、しっとりした味わいの卯の花やイワシのショウガ煮を作ってくれたのだと崑さんは、あの丸眼鏡の奥の年齢に似合わぬ澄んだ瞳をうるませた。

「おふくろが死んで十年経ちます。あの母の味にいつか巡り合いたい。もし、あの味に巡り合ったら、おいおい泣くんとちがうかな。一度でええから泣いてみたい……」

稀代のコメディアンを前にしたのだが、しんみりしたムードのインタビューとなった。

「フクちゃん」で著名な漫画家の**横山隆一**氏とは、鎌倉駅からほど近い邸宅でお会いした。土佐の高知のはりま屋橋のたもとにある生糸商の家で生まれ育ったお人だけに、やはりカツオのたたきと鰹節に郷愁をそそられるとのことだった。とくに鰹節は大好物で戦時中に信州に疎開したときも行李いっぱいに詰めた鰹節のお陰で飢餓状態を切り抜けたと言われた。広大なお邸で隣には弟の横山泰三画伯が住んでおられた。兄弟で土地を出し合って「ここに漫画博物館をつくりたい」と、頬笑まれた。ベレー帽もお体も共に丸こく決まり、「酒の肴の皿鉢《さわち》料理もこたえられない」と、庭園のロッキングチェアに背をもたらせながら故里談議に耽られていた。

〈17〉有名人の夫婦論

昭和四〇年頃、連載エッセイ「私の夫婦論」を担当した。文筆家以外の例えば芸能人などは談話取材して、こちらがまとめたものである。

タイトルのなかに、夫婦とは何ぞやのエキスが込められているものもあった。例えば**大宅壮一**氏は「結婚は詐欺である」。であった。これは逆説であり、そうと判っていれば余計な失望もしないで済むし、相手を労る気持ちも生じてくるという人生智を氏独特の毒舌的言い回しで表現したものであった。大宅氏は戦後社会の様相を痛烈に風刺する造語を数多く残した。その中でもテレビの普及を「一億総白痴化」とヤユし、接待ゴルフ場を「緑の待合」と名づけたのは大ヒット作であった。「結婚詐欺論」も本質をつくネーミングで、のち大宅夫人の昌さんにお会いしたときも、夫の野次馬精神を淡々と認め、夫唱婦随の妙を感じさせた。

水上勉氏は「離れるべし離れるべし」であった。あまりピッタリくっついていると倦きもくるし相手への依頼心が募り、それぞれの人格の独自性が失われることへの体験的警句といえた。自身、離婚の体験もあり、数々の情事も重ねた人だけに、夫婦と言えども男女の仲の頼りなさが皮膚に滲み通っている人の言と思えた。

談話取材で印象が強かったのは経済評論家の**小汀利得**氏だった。尾山台のお宅へ参上すると和服姿で座敷に現れた小汀氏は「女なんてのはねえ、キミ、こりゃ頭が足りんのだよ。だから亭主たるもの一から十まで女房に教えてやらなきゃいかんのだよ」と、まくし立てた。「亭主は教師、妻は弟子」とのタイトルを付けたものである。日本経済新聞の前身「中外商業新報」の記者として活躍した小汀氏は歯に衣着せぬ論調で鳴らし、夫婦論についても、いっさいのキレイゴトを排してズバリと直言するところに説得力があった。しかし、差別発言に関する規制の厳しい今日では、活字にできそうもない台詞《せりふ》であった。

山本富士子さんと**山本丈晴**氏（音楽家）の取材は原宿駅前の中華料理店で富士子さんの行きつけの店だった。ご亭主よりも先にビールをついでもらったのには恐縮した。お姿と同じく美わしい夫婦愛を語られたので、タイトルは「風の強い日は寄り添って」とした。男女の仲が、あたかもリーグ戦のように乱れ切っている芸能界にあって、この言葉からは自らの主体性を示す響きも読み取れる。

テレビキャスターで、のちに参院議員となった**木島則夫**氏は「とことんまでの話し合い」。子供さんに恵まれない誠実なご夫婦だけあって、聞いている当方が息苦しくなるほどの生真面目な夫婦論であった。芸能人カップルの**長門裕之**、**南田洋子**夫妻は、俳優らしく「心を読み合う楽しさ」と思わせぶりなタイトルであった。南田さんには日本テレビの新宿スタジオでインタビューしたものだが、あの清楚な美しさが、やがて時とともに認知症によって失われ、最後は寝たきりとなって長門さんに看取られるとは、人生というものの果敢《はか》なさに感じ入らざるを得ない。

〈18〉上方芸人の心意気

大衆雑誌の芸能欄を永年にわたって担当したので、上方芸人さんの取材も数多く経験した。初体験は昭和三十六年、『家の光』がまだ小型の判であった頃、HNKラジオのロングラン番組「お父さんはお人好し」の公開録音を取材した。

「ムチャクチャでござりますがな」の名台詞で一世一代を築きあげた**花菱アチャコ**がお父さん役、女房の役が浪速千栄子という名コンビで息の合った〝やりとり〟を聞かせてくれた。

ラジオの公開録音だから、俳優たちは台本を手にマイクの前に立って台本を読むだけで身体の演技は伴わないのだが、それでもHNK大阪局のホールには多数の客が詰めかけていたのには驚かされた。

楽屋ではアチャコさんが、さすがにコメディアンらしく浪花千栄子さんを相手に、盛んに「アカンがな」「スカタンや」「殺生でっせ」と身ぶり手ぶりよろしく、上方ムードをふりまいてくれた。

家の光文化センターに勤務したときは、文化講演会の事務局を担当し、**ミヤコ蝶々**さんを和歌山県湯浅町にお招きした。演題は「おもろうてやがて悲し」。文字どおり悲喜交々、上方芸人蝶々さんの泣き笑い人生模様を語るものだった。

その最たる場面は夫の南都雄二さんに先立たれて、その火葬場のくだりであった。

「骨のいちばんいい所、のど仏のあたりをアッチの女に取られてなるものかと私は必死でしたよ」

と、蝶々さんは演台で力説される。「アッチの女」とは南都雄二さんのお妾さんのことである。

「陸上競技の短距離の走者のように、私は焼却炉の前で息を詰めていました。ヨーイドンでお骨に向かって駆け出しましたよ」

聴衆はドッと沸く。人生の最大の悲しみの場面を、このようにおもしろかしく語る蝶々さん。

そのしたたかな芸魂に心打たれたものである。

〈19〉相撲取材こぼれ話

ほぼ四半世紀の余、『家の光』や『地上』の編集に従事してきたので、国技スポーツである大相撲の取材も、しばしば担当させられた。

佐田の山（元・境川理事長）が初優勝した昭和三十六年夏場所のあと、東宝女優の**団令子**を連れて出羽海部屋を訪問し対談させるという企画があった。引退後はテレビ解説までしている佐田の山だが、現役当時は口が重く、ウンとかイヤを言うだけで、まるで対談にならず往生した。団令子はなんとか話を引き出そうと、流し目を使ったり鼻声で身をよじらせたりするのだが、関取は上気して顔を赤らめるばかり。〝状況〟を打開しようとしたのか令子サンは「お稽古場を見せてくださらない？」と、和服の袖をひるがえして三和土《たたき》に降り、土俵のほうへ脚を踏み出した。

そのとたん、血相を変えたのが佐田の山。「だめだッ。汚れる！」と大音声で制止した。土俵は神聖で女人禁制というのが大相撲の世界の仕来りなのだそうである。

「汚れるなんて！　失礼ねッ。あたしが帰ったあと、お塩をまくんでしょッ」
令子サンも負けずに言い返し、とんだ対談となってしまった。

栃光、**栃ノ海**がそろって大関になった昭和三十七年。栃錦の先々代春日野親方（元・理事長）の婦人勝子さんは、銀座の天ぷら屋の娘で清楚な美人であった。この訪問の前、「有名人を亭主に持てば」という座談会で勝子さんと面識ができていたわたしは、まず夫人に挨拶し、しばらく談笑した。それを横目で見ていた栃ノ海が、当方を慣れ慣れしいと見たのか、男のリン気からか、すっかりツムジを曲げてしまい、何をたずねても「そんなことオレは知るものか」という態度で、しまいには怒鳴りだす始末。もう一人の栃光が春風のように温厚な力士だったのと対照的であった。

春日野親方もゆったりとした風格を漂わせ、ふところの深い人物でインタビューの相手としては快適なタイプであった。※（後に栃ノ海は栃錦の春日野を継いだ。）

相撲好きの作家で横綱審議会の委員をつとめた**尾崎士郎**氏を囲んで、**初代若乃花**（元・二子山親方）と**出羽錦**（元・田子の浦親方）、それに司会が**天竜三郎**という座談会をしたこともある。

若乃花は新弟子のころ昼寝をしていたら、兄弟子に足の指に紙を挟まれて火をつけられた話をし、出羽錦は兄弟子たちににらまれて、〝ふとん蒸し〟にあった体験を語って、取的のころの苦労話に花が咲いた。

当時出羽錦は、のちの高見山と同じで塩を申し訳程度につまみ、ちょっぴり土俵に落とす仕草に人気があった。

「出羽関の塩のまき方は大変いい」と、尾崎士郎氏が茶化すと、「あれは先生、ぼくらもプロですからショーマンシップでやるんです。若秩父がパーッとまくから、こっちはほんの少々なんです。お客さんには、どっかで息抜きがあっていいのでは……」と、出羽錦が答えた。さすが角界きってのユーモリストである。

出羽錦を両国の部屋までハイヤーで迎えに行ったのだが、関取が乗ったとたんに、外車の大型ハイヤーがグラリと揺れたのには驚いた。力士の体重とはすごいものだという記憶が残っている。

この座談会は天竜が経営する有楽町の中華料理屋で開いた。天竜は昭和七年、相撲協会を集団脱退して新興力士団を結成、関西角力協会を創立した風雲児であった。

学生相撲出身で知的なムードをかもしていたのが**先代豊山**（元・時津風理事長）である。大洋ホエールズの**近藤和彦**選手と対談してもらったとき、卒論の話となった。豊山は東京農大の出身で、農芸化学を専攻し、卒論は「水稲の水耕栽培」、南礼蔵教授の指導を受けてきちんと実験を続け、その結果をもとに論文を書いたというから、ただの相撲取りではない。いまでこそソイルレス栽培は注目されているが、それを二十余年前に手がけたのだから驚きである。

豊山は親方になってからも、さすがは農学士。チャンコ鍋に使う野菜は埼玉の入間東部農協から〝産直〟で購入しており、鶏卵、鶏肉は埼玉県経済連から買っている。鮮度の点でも経費の点でも産直はいいですね、という時津風親方の実践談は『地上』に記事掲載した。

『家の光』付録の「料理とわたし」という企画で大鵬部屋を訪ね、大鵬夫人の芳子さんの話を聞いたこともある。**大鵬親方**は料理にうるさく、みずから台所に立つほどなので、芳子さんもうかうかできず、チャンコに作り方はもとより、塩辛の作り方まで親方から教わっていた。芳子さんはミス秋田に選ばれた美人で、大鵬が脳卒中で倒れたときは一緒にトレパンをはいて、懸命に夫のリハビリを助けた。相撲界でも有名なおしどりぶりである。

『家の光』は雑誌の性格上、相撲記事には創刊この方力を入れている。相撲協会とわが「家の光協会」は、ある意味で共通の土壌の上に立つ。どちらの協会も、末長く生き続けてほしいたいものである。

〈20〉女子バレーの内側

スポーツものの取材にもいろいろと取り組んできたが、『地上』のグラビアで女子バレーを取材したことも忘れ得ぬ体験となった。

モントリオール五輪を目指して猛練習に励む女子チームを日立武蔵工場の体育館に訪ねたのは昭和四十九年の二月号の取材であった。

日立武蔵には全くコネがなかったので、**山田重雄**監督が静岡県の藤枝東高校出身であることに着目し、同県農協中央会で常務理事をしておられた村山晴美氏におすがりした。というのも村山氏は藤枝東高校の前身、志太中学のＯＢで静岡県バレーボール協会の役員をされていたからである。

村山氏からの電話で山田監督は一も二もなくＯＫであった。郷土の大先輩のご指示とあらば〝二つ返事〟は当然であった。

日立体育館のフロアに立ち、選手の群像を視界に入れたとき〈これはどこかで見た風景だ〉と、頭をかすめるものがあった。〈そうだ！　相撲部屋だった〉と、すぐ思い至った。女子バレーの選手たちの平均身長は一七八センチ。アタッカーの**白井貴子**さんなどは一八五センチ級であった。だから、同じフロアに立ったとき、自分が選手たちの谷間にいることに愕然としたのである。

男子ならぬ女子バレー取材とあって、体育館に入る前は、いささか胸にときめくものがあり、後ろめたいものすら感じていたのだが、どうしてどうして……。

それでもユニホームを脱いで私生活に戻ると、選手たちは食堂ではボーイフレンドの話題ではしゃぎ、個室には沢田研二や郷ひろみのブロマイドを飾るなど、女の子らしい一面をのぞかせていた。

山田監督の婿入り先の山田家は私の住む八王子有数の資産家で、京王線に山田駅の名があるとおり、駅から邸宅まで氏の私有地が続くという名家であることを最近知った。

日立、東洋紡で活躍した日本代表選手、大林素子さんには、最近池袋・メトロポリタンホテルでの講演会でお会いし、山田監督の思い出話を交換した。

〈21〉若き日の長嶋茂雄さん

プロ野球界のスーパースター長嶋茂雄選手と初めて会ったのは、昭和三十七年一二月号グラビア「わたしのマスコット」の取材の時だった。シーズンオフの昼下がり、長嶋選手は上北沢の自宅で待ち受けていた。

のちに中曽根元首相が借家しただけあって、なかなかの豪邸だった。庭がまた広く植え込みの樹々が背後の塀を覆いかくしていた。長嶋さんはまだ独身の時代で、コリーを二匹飼っていた。タイトルの「マスコット」とは、この犬のことで、彼が大の犬好きであることを知っての企画だった。

犬には「ハンター」「デューク」という名前がつけられていた。いかにもアチラ好みの彼らしいネーミングであった。

できるだけ、にこやかに当方を迎えてもらうため、「宗野徳太郎」という名前を真っ先に出してみた。私の静岡高校当時の同期生で甲子園に三度出場した名内野手だった。立教大学に進み新人監督として新入生の長嶋選手を鍛えた。合宿も同室だったとか。いわば長嶋の"育ての親"である。

「そうですか。宗野さんの同期生ですか」。長嶋さんの当方へのもてなし方は極めて丁重だった。同行した副編集長の小山田陽厚氏が出したサインボールにも快くペンを走らせた。

二回目に会ったのは、女優の**富士真奈美**さんを後楽園球場に連れて、ONといわれた**王、長嶋**の両選手に会わせる企画だった。スター選手と面談できた喜びで真奈美さんは上気していた。帰りのタクシーで新宿・愛住町のアパートまで送っていったら「ちょっと寄って、お茶でも飲んでいらっしゃらない?」と艶然たる笑いで誘ってくれる。

〝あるまじき事〟が起きたので、胸弾ませてアパートに入ったら二部屋続きで女性の友人と同居していた。〈どうもヘンだと思ったら、やっぱり〉。長嶋取材と共に思い出す泣き笑いの情景である。

真奈美さんは三島北高の出身なので、同県人としての話は弾んだ。のち学友・水口義朗君(元「婦人公論」編集長)の激励会で再会している。長嶋さんとは、東京芸大教授・絹谷幸二氏の個展でもお会いした。油絵をこの先生に習っておられる由。編集者稼業で巡り合った人の話題は尽きない。

あとがき

昭和時代、筆者が従事した家庭雑誌『家の光』は、ピーク時には一六〇万部に達する、日本一の大衆雑誌であった。従って、農村社会に広く普及した影響力の大きな雑誌として、大衆的人気のある作家、芸能人、スポーツマンを数多く誌面に登場して頂くことができた。こうした状況下に雑誌記者として存分に働くことができた身は、まことに至福であった。本書は一雑誌記者が体験した昭和時代のエピソード集である。

当時はコピー機もＦＡＸもない時代で、挿し絵画家に回す原稿は手書きで写して渡し、作家への校正用ゲラは、すべて直接受け渡しをするしかなかった。大変手数はかかったが、その分、作家や画家、漫画家などへの接触は濃密であり、アルコール入りで立ち入った話を交わす機会にも恵まれた。本書には、そこから生まれたエピソードの数々も収めてある。

拙稿初出の機会を与えて下さった協同組合文化交流誌『虹』編集部の加藤昌子さん、農業協同組合新聞（農協協会）の佐々木昌子さんに改めて感謝いたしたい。

拙著を国書刊行会から上梓させて頂いたのは、義兄福本龍の著作「われ徒死せず・明治を生きた大鳥圭介」の版元という御縁による。御仲介下さった明徳出版社の村田一夫氏、国書刊行会の佐藤今朝夫社長、同編集部の芳賀純氏には並々ならぬお力添えを頂いた。心より感謝申し上げる。

初出誌

▽第一部…協同組合交流文化誌『虹』昭和六十三年七月号～平成四年九月号
▽第二部…『農業協同組合新聞』平成五年九月～平成八年三月。『虹』昭和六〇年九月号～平成八年一一月号。
☆以上の掲載記事に適宜加筆しました。

鈴木俊彦（すずき　としひこ）
フリージャーナリスト。1933年、静岡県藤枝市生まれ。静岡高校を経て1957年早稲田大学法学部卒業。同年社団法人家の光協会（農村向け出版社）に入社し、出版部編集長、『地上』編集長、編集委員室長、電波報道部長を歴任。2003年より日本ペンクラブ会員、野球文化学会会員として執筆・取材活動を続けている。

主な著書
『農と風土と作家たち』（角川書店）『地域風土の探究』（農林統計協会）、『協同人物伝』（全国協同出版）『20世紀に輝いた我が故郷のヒーロー』（日本スポーツ出版社）『甲子園入門』（小学館）『甲子園・忘れえぬ球児たち』（心交社）など多数。

〔住所〕〒193-0832　八王子市散田町3-37-7
〔電話〕042-663-5621

昭和《しょうわ》を彩《いろど》った作家《さっか》と芸能人《げいのうじん》　ISBN978-4-336-05229-2

2010年5月20日　第一刷発行

著　者　鈴　木　俊　彦
発行者　佐　藤　今　朝　夫

〒174-0056 東京都板橋区志村1-13-15
発行所　株式会社　国書刊行会
TEL.03(5970)7421(代表)　FAX.03(5970)7427
http://www.kokusho.co.jp

落丁本・乱丁本はお取替いたします。　印刷・㈱シナノパブリッシングプレス　製本・(資)村上製本所